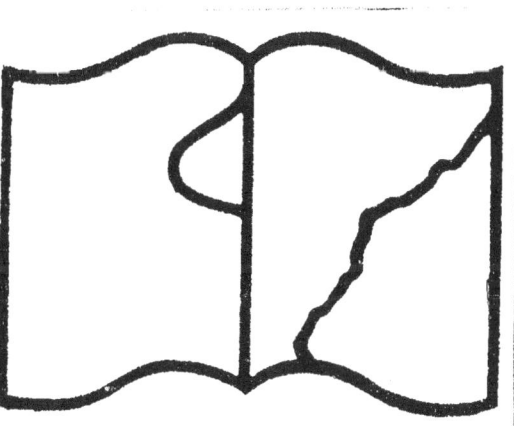

Couvertures supérieure et inférieure
détériorées

Début d'une série de documents
en couleur

ANDRÉ THEURIET

SOUS BOIS

IMPRESSIONS D'UN FORESTIER

CINQUIÈME MILLE

L'AUTOMNE DANS LES BOIS
LA RECHERCHE D'UN COLÉOPTÈRE
LA CHANSON DU JARDINIER
LA POÉSIE POPULAIRE ET LA VIE RUSTIQUE

PARIS

G. CHARPENTIER & Cie, ÉDITEURS

11, RUE DE GRENELLE, 11

Imprimeries réunies, A, rue Mignon, 2. Paris.

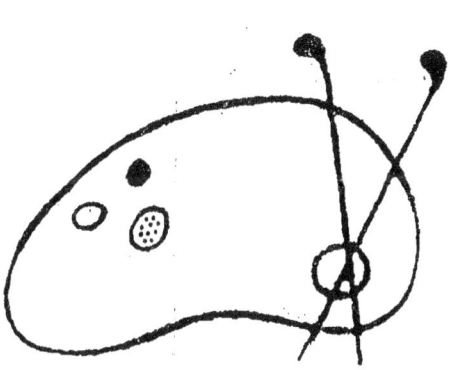

Fin d'une série de documents
en couleur

SOUS BOIS

ŒUVRES D'ANDRÉ THEURIET

PUBLIÉES DANS LA BIBLIOTHÈQUE CHARPENTIER

à **3** fr. **50** le volume.

PETITE BIBLIOTHÈQUE CHARPENTIER

à **4** fr. le volume.

Paris. — Typ. G. Chamerot, 19, rue des Saints-Pères. — 20509.

ANDRÉ THEURIET

SOUS BOIS

IMPRESSIONS D'UN FORESTIER

L'AUTOMNE DANS LES BOIS
LA RECHERCHE D'UN COLÉOPTÈRE
LA CHANSON DU JARDINIER
LA POÉSIE POPULAIRE ET LA VIE RUSTIQUE

CINQUIÈME MILLE

PARIS

G. CHARPENTIER ET Cie, ÉDITEURS

11, RUE DE GRENELLE, 11

L'AUTOMNE DANS LES BOIS

A LEON DE BELLÉE

L'AUTOMNE DANS LES BOIS

5 septembre.

Je n'avais pas vu de vrais bois depuis un an,
et il y en aura bientôt dix-huit que je n'ai visité
ceux-ci. A la descente du chemin de fer, quand,
les oreilles encore toutes résonnantes des mille
bruits parisiens, je me suis trouvé en pleine
solitude sylvestre, j'ai ressenti une brusque
commotion, et le vieux forestier qui sommeillait
en moi s'est soudain réveillé.

On redevient sauvage à l'odeur des forêts,

a dit un poète contemporain[1]. Cette maxime

[1] Sully Prudhomme, *Stances et Poèmes.*

paraîtra peut-être contestable à ceux dont le
courant tumultueux des grandes villes a bercé
l'enfance et agité la jeunesse, mais elle est
rigoureusement vraie pour quiconque a été
élevé au milieu des forêts. Ce qui nous prend
et nous charme, nous autres *boisiers*, ce n'est
pas seulement l'originale beauté de ces nappes
de verdure ondulant de colline en colline ; ce
n'est pas la fière tournure des chênes centenaires, ni la limpidité des eaux ruisselantes, ni le
calme des futaies profondes ; non, c'est par-
dessus tout la volupté des sensations d'autrefois,
ressaisies tout-à-coup et goûtées à nouveau.
L'odeur sauvage, particulière aux bois, la trouvaille d'un bouquet d'alises pendant encore à la
branche, ou d'une fleur perdue de vue depuis
des années, le son de certains bruits jadis familiers :—la rumeur d'une cognée dans les *cou-*
pes lointaines ou les clochettes d'un troupeau
vaguant dans une clairière, — toutes ces choses
agissent comme des charmes pour évoquer les
esprits élémentaires qui dorment au fond de
l'homme cultivé. Alors l'habit de théâtre que
nous revêtons pour jouer notre rôle dans la
comédie de la vie civilisée et raffinée, ce vête-

ment d'emprunt aux couleurs voyantes, aux
étoffes précieusement brodées et artistement
taillées, se déchire de lui-même et s'en va par
lambeaux pendre aux buissons de la route.
L'homme primitif reparaît avec la souplesse de
ses mouvements naturels, la soudaineté de ses
désirs, la naïveté de ses étonnements enfantins.
Plongé dans ce bain des verdures forestières, il
sent sourdre en lui une sève remontante ; et,
dans son imagination rajeunie, les féeries du
temps passé se remettent à chanter leurs contes
bleus... Peu à peu j'ai éprouvé cette merveilleuse transformation, tandis que la voiture
descendait les rampes tournantes de la forêt.
Les *sonnailles* du cheval tintaient glorieusement,
et glorieusement, entre deux traînées de lumière, les ombres des nuages glissaient le long
des pentes boisées. Partout une mer mouton-
nante de feuillées épaisses ; mes regards, réjouis
par la variété des verts, tantôt remontaient les
rapides couloirs des tranchées abruptes, tantôt
plongeaient dans les entonnoirs des combes.
Et quelle pacifique et endormante solitude ! A
peine si de loin en loin une maison de garde ou
une ferme isolée dressait ses toits gris à l'abri

1.

des hêtres. De minces flocons de brume, suspen-
dus aux cimes des arbres, s'éparpillaient lentement, puis s'envolaient pareils à ces vaporeuses
graines des chardons que les enfants nomment
des *voyageurs*. L'exquise fraîcheur du soir ren-
dait plus pénétrante la senteur des regains
récemment coupés. Cette humidité parfumée
des bois au crépuscule, les murmures de l'eau
dans le creux des gorges, les grappes noires et
appétissantes des mûres sauvages rampant jusque sur le chemin, tout cela me montait au
cerveau et me grisait. J'étais tenté de m'élancer
de la voiture, d'étreindre un des arbres de
bordure dans une embrassade fraternelle, ou de
grimper aux sommités feuillues d'un chêne
pour jeter de plus haut mon cri de liberté à la
forêt... Quand la voiture et son cheval fumant
se sont arrêtés devant l'auberge d'Auberive,
j'étais de la tête aux pieds redevenu un sylvain.

6 septembre.

Me voici sur la lisière de la Champagne et de
la Bourgogne, dans un coin très-accidenté de la
Haute-Marne : — la *montagne* langroise. Ainsi que

l'indique son nom, Auberive est situé au bord
de l'Aube, qui prend sa source à deux lieues de
là. Bien que sa position géographique en ait fait
un chef-lieu de canton, Auberive est à peine un
village : une vingtaine de maisons bourgeoises
perchées sur les roches qui dominent la petite
rivière, deux ou trois fermes, une chapelle, un
moulin, puis les vastes dépendances d'une ancienne abbaye de bernardins, c'est tout ; mais
cela présente à l'œil un ensemble pittoresque et
original, surtout quand on suit la chaussée qui
relie l'*Abbatiale* au centre du village. Cette allée
plantée de vieux tilleuls touffus, se nomme
Entre-deux-Eaux. Des deux côtés, en effet, l'eau
y court le long des talus, limpide, dorée et su-
surrante. A droite, des lavoirs, creusés dans la
roche qui surplombe, sont à demi voilés de
lierre, et sous leur ombre bavardent tout le jour
battoirs et lavandières ; la roue du moulin jette
bruyamment sa pluie de perles au soleil ; les
coqs chantent ; les jardins en terrasse sont
pleins de clématites et de dahlias. C'est comme
une note joyeuse au milieu du silence des bois
environnants.

Ces bois m'attiraient, j'étais venu pour eux,

aussi ne me suis-je guère attardé dans le village.
Trois immenses forêts l'enserrent et se prolongent à plusieurs lieues aux entours : Montavoir, Montaubert et Montgérand. Quand les
moines bernardins ont jeté ici les premières
pierres de leur abbaye, cette solitude a dû leur
sembler faite à souhait pour le recueillement et
la prière. Aucune route, et les grands massifs
des bois arrêtant jusqu'au moindre des échos de
la vie mondaine. Aussi pendant longtemps l'histoire de ce monastère a-t-elle été comme celle
des peuples heureux : paisible et uniforme. Les
moines défrichaient quelques cantons, bâtis-
saient des fermes dans ces enclaves, et peu à
peu les revenus de l'abbaye grossissaient. Avec
les gros revenus vinrent des besoins de luxe et
de bien-être. On installa des forges le long des
cours d'eau, on barra les ruisseaux des gorges
étroites pour y creuser des étangs poissonneux.
Au XVIII⁰ siècle, les moines, possesseurs de la
forêt et de la plaine, vivaient largement et
menaient grand train. On chassait à courre
par monts et vallées, et dans les bois de Charbonnière il y a encore un carrefour, nommé la
Belle-Étoile, au centre duquel se dressent des

bancs et une large table de pierre où l'abbé, dit-on, faisait déjeuner ses hôtes entre deux haltes de chasse. Dans la paix de cette abbaye de Thélème, 89 éclata comme un coup de tonnerre ; les moines s'enfuirent, l'abbaye fut vendue aux enchères, et, par une singulière raillerie du hasard, elle passa dans les mains de Mme Caroillon-Vandeul, la fille de l'auteur de *la Religieuse,* Angélique Diderot[1].

Ce long règne des moines semble avoir été fort doux. Le joug des bons pères était aimable et léger, et les anciens du village m'ont toujours paru très-respectueux pour la mémoire des bernardins. Nulle part on n'entend conter de ces grasses histoires qui défraient joyeusement les fabliaux du XVe siècle, et constituent d'ordinaire la légende des cantons où le clergé régulier a établi ses monastères. Un dicton, qui a une vraie saveur de terroir, marque seul la trace que le régime monacal a laissé dans les rustiques imaginations de la commune. Je regardais ce matin monter vers les bois une fillette portant

---

[1] Aujourd'hui l'ancienne abbaye est devenue une maison centrale de correction.

dans sa panetière le déjeuner de quelque bûcheron. Comme la laitière de La Fontaine,

Légère et court vêtue, elle allait à grands pas.

— Hé ! hé ! m'a dit le savetier Trinquesse en
battant une semelle racornie, voilà une *gachette*
(fillette) *troussée comme un moine qui va au cresson...*

Tandis que je gravissais la sente du Val-Clavin, je ruminais en mon par-dedans cette com-
paraison toute locale : dans cet endroit où l'eau
ruisselle de toutes parts et où les cressonnières
abondent, j'essayais mentalement de dessiner
l'amusante silhouette d'un moine s'en allant au
cresson. Peu à peu, et par un effet de mirage
bien connu des rêveurs, ce moine imaginair se
glissa hors de mon cerveau, et il me sembla le
voir, grimpant devant moi, avec sa capuce ra-
battue, sa robe retroussée jusqu'aux genoux,
ses jambes velues et nerveuses. Je suivais ma-
chinalement son ombre à travers les sentiers
herbeux, et je m'imaginais qu'au lieu de gravir
les rampes de la forêt, nous remontions ensemble le lit verdoyant où avaient roulé pendant des

siècles les flots paisibles de l'existence de ce
petit pays. A chaque tournant du ravin, la
silhouette d'abord assez vulgaire de mon moine
prenait une tournure plus majestueuse et plus
sculpturale ; le port de sa tête devenait plus
fier, son geste plus solennel. Ce n'étaient
plus les tiges vertes du cresson qu'il cueillait
dans le courant sonore du ruisseau, mais
les fleurs légendaires aux tons d'or, d'azur
et de pourpre, qui ne s'épanouissent que sur
les pages des missels, les herbes merveil-
leuses des formulaires du moyen âge, les
roses mystiques qui ne s'ouvrent que dans les
poèmes du Saint-Graal. Chacune de ces plantes
me contait en son langage un détail ignoré de
l'histoire de la vieille abbaye, et nous nous enfoncions ainsi jusque dans les brumes lointaines
de l'époque mérovingienne, au temps où saint
Remy, selon la tradition, vint bâtir cette chapelle en ruine qui se dresse encore à la lisière
de Montaubert, et où jamais de mémoire d'homme
« on n'a vu une toile d'araignée ». Je parvins
ainsi, sans trop savoir comment, jusqu'au milieu d'une futaie où mon moine fantastique me
faussa brusquement compagnie, jugeant que

j'étais sans doute maintenant suffisamment préparé, pour demeurer seul en contemplation devant le plus bizarre des sites forestiers. — Sur un espace circulaire d'un quart de lieue, le sol bossué et vallonné a l'air d'un cimetière de géants. Dans les plis sinueux de ces circonvallations, au long de ces tertres étranges, croît une mousse épaisse et spongieuse, et çà et là de vigoureuses fougères y étalent leurs feuilles en éventail. Des hêtres énormes, des chênes trapus et des frênes élancés ont enfoncé leurs racines dans le renflement des monticules et répandent sur ce lieu mystérieux une paix et une ombre profondes. Qu'y a-t-il sous ces mousses silencieuses et dans cette pénombre sépulcrale? Un ancien village gaulois, un camp romain ou des tumulus druidiques?... Dans le pays, la croyance populaire s'est attachée à l'idée d'un cimetière, et ce canton s'est de temps immémorial appelé *le bois des Fosses*.

C'est qu'en effet, si l'histoire ici est quasi muette pour ce qui intéresse l'ère chrétienne, en revanche le souvenir des invasions romaines s'est conservé singulièrement vivace. On raconte qu'au temps où les Romains envahissaient la

Gaule, les gens du pays s'étaient retirés dans les bois et s'y étaient fortifiés. On trouve encore sur les crêtes des forêts de Montavoir et de Montgérand des murs circulaires désignés sous le nom de *murgers* et formés de pierres sèches superposées ; dans ces *murgers* envahis par la mousse, les bûcherons veulent voir l'enceinte des villages gaulois. Quand éclata le soulèvement dirigé par Vercingétorix, les Romains, dit-on, quittèrent Langres, traînant à leur suite six mille prisonniers helvètes et vinrent camper à Montaubert, près de la ferme d'Allofroy, au bord d'une combe profonde. Les vivres étaient rares dans ce pays sauvage, et les six mille prisonniers étaient autant de bouches inutiles ; on les parqua dans la combe et ils furent massacrés dans la nuit. — En ce moment même, et malgré les deux mille ans de distance, la pensée de cet épouvantable égorgement me fait froid jusqu'aux moelles. — Ce qu'il y a de pis, c'est que l'histoire est cette fois d'accord avec la légende. D'après les *Commentaires* (liv. VII), « Vercingétorix, ayant ramassé de grandes forces et sachant que César marchait vers le pays des Séquanes par la fontière du pays langrois, pour être plus

2

à portée de secourir la province, forme trois
camps à environ dix milles de l'armée romaine...
César partage sa cavalerie en trois corps et les
fait aller à l'ennemi... On se bat partout en
même temps... Enfin les Germains (alliés des
Romains) gagnent le sommet d'une colline qui
est sur la droite, en chassent les ennemis, les
poursuivent jusqu'à la rivière où Vercingétorix
est en bataille avec son infanterie, et en tuent
un grand nombre. Le reste prend la fuite... Ce
n'est partout que carnage... *Omnibus locis fit
cædes.* »

La disposition des lieux répond exactement
aux détails de la narration de César. Les bois
d'Auberive se trouvaient aux confins du pays de
Langres et du pays des Séquanes ; une voie romaine, partant de Langres, passait près de la
ferme d'Allofroy, au pied des forêts de Montaubert et de Charbonnière, dont les Gaulois occu-
paient les hauteurs, à la droite et à la gauche
de l'Aube. Tout fait donc supposer que la tradition ne s'est pas trompée et que le massacre
a eu lieu dans les gorges de Montaubert. J'ai
voulu voir la terrible combe. Le ciel était demi-
voilé, l'air tiède, et les charmes jaunissaient

déjà sous le soleil d'automne. Un pacifique nimbe de fumée surmontait les toits de la ferme.
— Le vaste entonnoir de la combe est couvert d'une plantureuse végétation ; les hêtres poussent drus dans ce terreau formé de six mille corps humains. A part cette vitalité puissante des arbres et cette exubérance de sève végétale, rien ne marque plus la trace de la grande bataille livrée il y a deux mille ans. Les lierres enguirlandent les chênes, les hêtres sont chargés de faînes, des scabieuses fleurissent à foison dans les clairières, et des mésanges gazouillent en becquetant l'écorce des branches. Parfois seulement dans les champs voisins, le fermier avec sa charrue met à nu des pierres tombales, des armes et des ossements,

Grandiaque effossis miratur ossa sepulcris.

Les bûcherons ignorent le nom du grand conquérant qui a passé là. De toutes les gloires, la gloire militaire est encore celle qui s'efface le plus vite. Les générations qui se succèdent oublient rapidement le nom des vainqueurs et ne gardent plus qu'une tendre et confuse pitié pour les vaincus. Ici, on ne sait plus le nom de César, mais on a conservé la mémoire des six mille prisonniers égorgés en une nuit, et la combe s'appelle encore la *Combe au sang*.

7 septembre.

Mon premier soin a été de me mettre en quête de mon vieil ami Tristan. La joie de revoir la forêt était doublée pour moi du plaisir de la visiter avec lui. Il y a vingt ans qu'il la parcourt dans tous les sens, et pas un braconnier ne la connaît mieux. Il sait à l'avance dans quel canton les charbonniers dresseront leurs fourneaux, il peut vous indiquer la place précise où pousse telle plante rare et les coins ignorés où sont les plus beaux paysages forestiers. Nous avions jadis voyagé ensemble à travers les bois d'Auberive, et je me faisais une fête de l'associer de nouveau à mes excursions. Il faut visiter un pays inconnu avec la femme qu'on aime, mais c'est seulement avec un ami qu'on peut goûter pleinement le charme des paysages déjà vus. Les Allemands disent qu'il ne nous est pas donné de rêver deux fois le même rêve; c'est

surtout en amour que le mot est vrai. L'amitié,
moins exclusive et plus accommodante de sa
nature, redoute moins les comparaisons amères,
les retours mélancoliques et les désillusions in-
séparables de ces pèlerinages aux lieux où l'on a
vécu heureux. Je n'avais pas prévenu Tristan de
mon arrivée, je voulais lui ménager la surprise
de cette réunion longtemps projetée et toujours
ajournée; mais je ne savais trop où le prendre.
Mon ami ressemble fort à l'alouette, qui ne fait
pas deux fois son nid dans le même sillon. C'est
le marcheur le plus infatigable et le bohème le
plus vagabond que je connaisse. Il n'y a pas une
auberge du canton où il ait établi son gîte pour
plus d'un mois. Dès qu'il est rassasié d'un paysage, il boucle son sac et s'en va à la recherche
d'un site plus curieux. S'il trouve en chemin
une ferme isolée ou un campement de charbonniers qui soit en harmonie avec son humeur et
ses rêves du moment, il s'y installe, bourre sa
pipe et s'écrie : « Écrivons ici un chef-d'œuvre ! »
— car Tristan est poète à ses heures. — Il n'y
écrit pas de chef-d'œuvre, mais, au bout de
quelques semaines, il sait par le menu l'histoire
de ses hôtes et de leur famille, il a lié connais-

sance avec les oiseaux et les plantes du voisinage ; il se dit alors que l'heure de l'éclosion
littéraire n'est pas encore sonnée, et il va chercher son aventure ailleurs.

On m'avait assuré la veille qu'il habitait pour
le moment une maison de campagne située entre
Aujeures et Vaillant, et qui est connue sous le
nom un peu prétentieux de la *villa*. D'Auberive
à Aujeures, il y a trois bonnes lieues de pays,
mais le chemin, qui passe à travers de beaux
bois, est facile à suivre. Dès le fin matin, je me
suis mis en route. Le soleil s'était levé dans un
ciel clair, et les chants aigus des sauterelles
annonçaient une chaude journée. Tout le temps
que je marchai sous bois, les choses allèrent
bien ; mais, à la lisière de la forêt, je vis onduler
devant moi une plaine montueuse où le soleil
tombait d'aplomb sur des champs moissonnés.
Seuls, au milieu des sillons brûlés, trois tilleuls
poudreux entouraient un calvaire de pierre
grise où je lus que « Jean Jacquemot, bourgeois
d'Aujeures, et Catherine sa femme, avaient élevé
en 1780 cette croix comme témoignage de leur
piété ». A une portée de fusil du calvaire, un
grand bâtiment carré dressait dans la plaine sa

toiture de pierres plates. Un paysan m'apprit que c'était la ferme Diderot. — Diderot! Dans ce pays langrois, on rencontre le nom du fougueux philosophe partout, excepté au-dessus de la porte de la maison de Langres où il est né. Est-ce un mesquin sentiment d'animosité religieuse qui a empêché ses compatriotes d'acquitter ce devoir envers l'écrivain le plus original et le plus artiste du xviiie siècle, ou bien lui gardent-ils encore rancune de ce qu'il disait d'eux à Mlle Voland? — « La tête d'un Langrois est sur ses épaules comme un coq d'église en haut d'un clocher; elle n'est jamais fixe dans un point, et si elle revient à celui qu'elle a quitté, ce n'est pas pour s'y arrêter. » Après avoir déchiffré l'inscription du calvaire demi-ruiné, je me rappelai mélancoliquement un autre passage des lettres à Mlle Voland. — « Deux choses nous annoncent notre sort à venir et nous font rêver : les ruines anciennes et la courte durée de ceux qui ont commencé de vivre en même temps que nous; nous les cherchons, et, ne les retrouvant plus, nous nous replions sur nous... » Cette pensée ramena mon esprit vers mon ami Tristan. Dix-huit ans avaient coulé entre nous depuis

notre dernière entrevue ; un grand espace de
temps pour la changeante espèce humaine !
Dans quel état d'âme et de corps allais-je le
retrouver ?... Le nouveau courant de ma médi-
tation me conduisit ainsi jusqu'au village. A
Aujeures, rien de particulier, si ce n'est cette
inscription narquoise charbonnée sur les murs
du lavoir public : *café des Bavardes*. Je me fis
enseigner une seconde fois mon chemin, et je
retombai dans la plaine aride et ensoleillée. De
la fameuse *villa* aucune apparence. Quel site
maussade, pensais-je, a choisi Tristan pour s'y
nicher ! — Et je m'épongeais le front. Tout à
coup voici un pli de terrain dans les chaumes,
un chemin creux et rapide entre des rochers,
puis une porte mauresque barrant le sentier,
et une fois la porte ouverte, quel éblouissement !

Figurez-vous une gorge étroite s'ouvrant dans
la roche ombragée. A la naissance même de
cette gorge s'élève la villa, copiée sur le modèle
d'une des maisons de plaisance de la Corne-
d'Or. Les murs, les fenêtres tréflées, les balcons,
sont tapissés de fleurs exotiques ; autour de la
légère coupole du toit, des hirondelles se pour-

suivent avec des cris joyeux; au-dessous des
balcons, une source vive sort du rocher. A
gauche un taillis, à droite la roche nue et chau-
dement colorée, prolongent en demi-cercle leurs
lignes sobres et pures, qui coupent le bleu du
ciel horizontalement et font penser aux paysages
de l'Attique. Au-delà des vergers, un rideau
d'arbres forme une moelleuse rampe de verdure
et borde des prés où courent des noyers trapus ;
puis la gorge s'évase et devient une vallée. Un
clocher pointu s'élance d'un fouillis d'arbres :
c'est Courcelle-Val-d'Esnoms; un ruisseau miroite sous les aulnes ; plus loin, un ruban de
route blanche poudroie entre deux collines boisées, pareilles à de verdoyants promontoires.
D'une verdure à l'autre, la nappe dorée des
champs moissonnés et déserts flambe au soleil,
et deux peupliers s'en détachent seuls comme
deux sveltes fuseaux. La vallée s'agrandit toujours, les plaines mamelonnées et fuyantes
s'élèvent doucement jusqu'aux lignes bleuâtres
de l'horizon où se profilent les montagnes du
Jura. Tout cela est splendidement éclairé, et
pour rafraîchir les regards aveuglés de tant de
clarté, partout, dans le voisinage de l'habita-

tion, un luxuriant épanouissement de feuillages
verts et de fleurs, un parfum d'héliotrope et
d'oranger, un bruit d'eaux vives et un mélo-
dieux bourdonnement d'abeilles. — Une royale
fête des yeux !

— Qu'en dis-tu ? cria derrière moi une voix
joviale, en même temps qu'une large main s'a-
battait dans la mienne. — C'était Tristan, toujours le même, avec ses grandes jambes solides
et sa physionomie originale, qui fait songer à la
sérénade de *Don Juan*, où l'accompagnement
raille, tandis que la mélodie pleure. Les yeux
bleus de Tristan sont noyés de mélancolie, mais
sa bouche sensuelle et ironique rit sous sa barbe
blonde. Ces dix-huit années ne l'avaient pas
changé ; on eût dit que l'air salubre des bois lui
avait conservé une éternelle jeunesse ; pas un
fil blanc dans ses cheveux, pas un pli sur son
front d'enfant. — Regarde bien, reprit-il, em-
plis tes yeux de lumière et de couleurs ; ensuite
nous irons deviser à l'ombre. Le propriétaire de
la *villa* est allé aux eaux et m'a laissé maître
chez lui. Quand tu te seras bien grisé de soleil et
de parfums, je te conduirai près de la source,
je te lirai mes derniers vers, et tu t'assoupiras

doucement au double ronron de mes rimes riches et de l'onde jaillissante.

9 septembre.

Ce matin, Tristan a remis les clefs de la *villa* entre les mains de la femme du jardinier, et nous avons repris le chemin de la forêt. Nous descendions vers les bois de Maigrefontaine à l'heure où le paysage a encore son charme virginal. La fraîcheur de la nuit l'a pénétré d'une vapeur argentée qui est pour les feuillées comme cet humide velouté déposé à l'aurore sur les grappes mûrissantes. Les sentiers sont noyés dans une ombre moite et les gouttes de rosée irisent l'extrémité des branches. La forêt a l'air d'une nymphe qui sort du bain et qui roule dans une gaze transparente son beau corps nu et ruisselant. — Quand nous aurons dépassé la source de l'Aube et que nous approcherons de la Thuilière, me dit Tristan, je te ferai admirer mon jardin, qui est tout autre chose que celui de la *villa*. Lorsque je vais le visiter, je prends en pitié les massifs où mon hôte a si grand'peine à conserver ses fleurs exotiques. Ces plantes du

midi sont en définitive de pauvres dépaysées et
elles me font toujours l'effet de Mignon regrettant la patrie. Vous autres, gens des villes,
vous ne vous doutez pas combien est magnifique la flore de la forêt, même dans ces mois
d'arrière-saison. Elle a une grâce et une couleur
incomparables, elle est variée et féconde à l'infini ; elle a surtout cela pour elle que, poussant
à la volonté de Dieu, elle ne peut s'acclimater
dans les parterres des philistins.

Une fois sur le chapitre des fleurs sylvestres,
Tristan ne tarissait pas. Il me contait leur histoire, il y mêlait quelque peu de la sienne et fi-
nissait par si bien fondre son existence avec
celle des plantes qu'on eût dit qu'un fil sympathique et mystérieux allait de son âme aux
moindres végétaux des bois. Nous fîmes ainsi
deux lieues sans nous en douter, en suivant le
berceau verdoyant de l'Aube naissante, dont
nous entendions les premiers vagissements sous
les feuilles. Quand nous approchâmes de l'ancien lit de l'étang, je vis que mon ami n'avait
point surfait les richesses florales de son *jardin*.
La prairie encadrée dans le taillis étalait en plein
soleil de joyeuses bordures de fleurs. Au long

des buissons, les chèvrefeuilles tordaient leurs
brins en compagnie des clématites; le sol humide des prés était jonché de *veilleuses;* au fil
de l'eau, les *reines des prés* penchaient leurs
panicules à odeur d'amande, et de superbes
tiges d'aconit bleu s'élançaient fièrement au-
dessus des touffes plus humbles des eupatoires
lilas et des salicaires pourprées.

— Ne te gêne pas, s'écria Tristan d'une voix
triomphante, fais ta gerbe! Tu trouveras au
bord de l'eau la *parnassie* avec ses cinq nectaires
d'or et ses pétales blancs qui semblent découpés
dans de l'ivoire. Ce que je te recommande surtout, c'est la tribu des gentianes. Nous les avons
toutes ici: depuis la grande jaune, dont les
indigènes distillent la racine pour fabriquer une
détestable eau-de-vie, jusqu'à la petite bleue
ciliée, qui ouvre à demi ses pétales frangés,
comme une coquette lançant des œillades à la
dérobée. Voici la *petite centaurée,* rougissante
comme une ingénue ; la *germanique* violette, qui
ressemble à une veuve hasardant sa première
toilette de demi-deuil, et la *pneumonanthe* bleu
indigo... Est-elle gaillarde et vigoureuse, celle-
là, avec ses feuilles en glaive et ses corolles

3

étoffées comme la robe d'une bourgeoise cossue !... Arrête-toi un moment et salue la perle de l'écrin, *rara avis!*

Il me montra une plante svelte et frêle, aux petites feuilles foncées, aux fleurs en étoile, d'un violet sombre pointillé de noir. Sa physionomie avait je ne sais quoi de hautain et d'étrange. — Mon cher ami, continua Tristan en écarquillant ses yeux bleus, tu vois la *swertia*... On ne la trouve qu'ici. C'est l'originale de la famille; ne jurerait-on pas une magicienne de Thessalie, une Circé ou une Médée?... — Il garda un moment le silence, et reprit d'un air confidentiel, en baissant la voix: — Ne penses-tu pas que les plantes de la même famille ont des rapports sociaux comme nous autres, et qu'il existe entre elles un échange de bons et de mauvais procédés, suivant leur naturel aimable ou maussade?... Moi, je crois à la sociabilité des fleurs, comme du reste à celle de toute la nature. Je t'assure qu'il se passe entre les feuilles, les herbes, le vent, les insectes et les pierres, des comédies et des drames auxquels je prends un plaisir plus vif qu'à certaines pièces de Shekspeare. Tiens! l'autre jour, je regardais passer

une graine de chardon que le vent s'était chargé
de voiturer jusqu'à destination... Quel conducteur capricieux, bonté divine! Tantôt il la
menait en poste, tantôt il se plaisait à la faire
valser sur place; parfois il la déposait mollement sur une feuille en ayant l'air de lui murmurer à l'oreille : « Attends-moi ici, tandis que
je vais me rafraîchir à l'auberge voisine, » puis,
le coup de l'étrier vidé, il reprenait son voyageur
et presto le faisait vire-volter jusqu'à la prochaine étape...

Ici, je l'arrêtai net. — Holà! dis-je, ce que tu
me débites là est du Cyrano de Bergerac tout
pur.

— Hein! riposta Tristan piqué, voudrais-tu
insinuer que je tourne à la préciosité?

— Je ne dis pas cela, mais je trouve que,
depuis un certain temps, vous autres descrip-
tifs, vous glissez sur cette pente dangereuse en
art, qui consiste à prêter à la nature vos façons
de sentir et de penser. Nous sommes à une
époque de maniérisme, et, en matière d'analyse
sentimentale nous couperions des cheveux en
quatre; eh bien! nous avons aussi une tendance
à maniérer et à raffiner le sentiment de la

nature. Après l'avoir, au xviie siècle, traitée
avec une superbe indifférence, nous en venons
à l'associer à toutes nos subtilités mystiques.
Sois bien persuadé que c'est là une falsification
et non une interprétation. La nature n'a rien à
voir là-dedans. Avec ta théorie, tu me fais l'effet
de ces maris qui ont la prétention de façonner
leur femme à leur image. Ils y perdent leur
façon, et se retrouvent au point de départ
quand ils s'imaginent avoir fait cent lieues. La
nature est femme et ne se laisse point pétrir à
notre gré. Le meilleur procédé pour peindre la
beauté d'une rose, c'est encore de dire qu'elle
est la rose. C'est l'éternelle histoire de M. Jour-
dain et de « Belle marquise, vos yeux me font
mourir d'amour ». Nous ne décrivons jamais
mieux la nature que lorsque nous nous efforçons
d'exprimer sobrement et simplement l'impression que nous en avons reçue. Voici, par
exemple, quatre vers d'une chanson populaire
du Poitou :

> Hé ! levez-vous, bergère,
> Hé ! levez-vous, car il est jour ;
> Les moutons sont en plaine,
> Le soleil luit partout...

Il n'y a point là grands frais de style ni grands
raffinements d'imagination, et pourtant quel
mouvement dans ce couplet, et comme ce brave
poète rustique inconnu nous donne en deux
traits la sensation du réveil laborieux des
champs et de la plaine illuminée de soleil!

Tristan se taisait, mais je sentais bien qu'il
n'était pas convaincu. Nous avions franchi la
chaussée de l'étang aux talus fleuris de saponaires et de vipérines. Nous touchions à l'endroit où la gorge de Maigrefontaine débouché
dans le val de la Thuilière, et où la vieille forge
dresse ses sombres bâtiments ruinés. L'industrie métallurgique, si florissante dans ce pays
pendant la première moitié du siècle, a subi
depuis vingt ans une crise fatale, les grandes
compagnies industrielles de l'Allier et de la
Côte-d'Or ont acheté les petites usines qui les
gênaient et en ont éteint les feux. C'est ainsi que
la Thuilière est depuis longtemps déserte et
muette. Le sol de la cour, encore noir de masses
de fer, est maintenant envahi par les hièbles et
les chardons. Les portes de la forge bâillent
entr'ouvertes et laissent voir la nef obscure où
dorment les énormes marteaux qui jadis rem

3.

plissaient le val de leurs voix puissantes ; le vent seul s'engouffre et se lamente dans les souffleries et dans la haute cheminée. La toiture s'est effondrée par endroits, et l'aire du foyer, qui jetait dans la nuit de si rouges lueurs, sert maintenant de refuge à des ramiers sauvages. De cette forge réduite au silence et perdue au fond des bois, se dégage la mélancolie particulière aux lieux abandonnés.

— Eh bien ! s'écria Tristan, nieras-tu encore les sympathiques rapports qui existent entre les âmes des choses ? *Sunt lacrymæ rerum...* Regarde comme les hêtres étendent tendrement leurs branches jusque vers les murs de la forge. Ils ont l'air de vouloir la presser dans leurs grands bras verts pour la consoler. La forêt lui dit : « Les hommes t'ont délaissée, mais moi je te reste. Mes oiseaux remplaceront avec leurs chants les clameurs de tes forgerons ; mes ronces et mes clématites s'enlaceront dans l'écluse autour de tes roues immobiles, et feront ruisseler leurs chevelures fleuries à la place où l'eau répandait ses nappes bouillonnantes. Pendant la nuit, le vent et moi nous remplirons de rumeurs ta cheminée et ton aire sonores, et à

travers ton long sommeil tu auras encore une
confuse vision de ta vie d'autrefois ! »

— En route, incorrigible rêveur !

10 septembre.

— Nous étions assis, Tristan et moi, sur la
crête d'une sorte de falaise qui surplombe au-
dessus de Vivey. Du haut de cet observatoire, le
village, entouré de trois côtés par les bois, a
l'air d'être au fond d'un puits de verdure. Nos
regards plongeaient droit au-dessus du vieux
château, flanqué de deux tourelles en éteignoir,
et environné d'une quarantaine de maisonnettes
entre lesquelles serpente le ruisseau. Le bruit
des battoirs, les cris des enfants, les chants des
coqs, nous arrivaient en accords clairs et joyeux.

— Tu vois ce hameau? dit Tristan ; eh bien !
toute sa population ne vit que de la forêt : les
hommes sont bûcherons, les femmes vont au
bois ramasser des fraises en été, des faînes à
l'automne, et des branches mortes en hiver. Ce
qu'il y a de remarquable, c'est que ces pauvres gens sont d'une probité proverbiale. On ne
compte point parmi eux un seul délinquant

forestier A peine deux ou trois braconniers
font-ils exception à la règle, et encore ce sont
de si amusants vauriens, qu'on est presque tenté
de leur pardonner leurs méchants tours en
faveur de l'adresse qu'ils déploient. Ces gail-
lards-là vous prennent dans leurs engins un
cerf avec la même facilité que s'il s'agissait d'un
simple levraut. Ils courbent deux baliveaux à la
sortie d'une *coulée* où doit passer le gros gibier,
ils y ajustent leurs *collets* de laiton, et au petit
jour la bête se trouve pendue haut et court sans
qu'elle ait eu le temps de pousser un cri. Ils
vous la démembrent sur place, et la transportent nuitamment chez les aubergistes, dont ils
sont les fournisseurs attitrés ; mais je veux que
tu fasses aujourd'hui connaissance avec des tra-
vailleurs dont le métier est plus honnête et plus
original...

Nous avons pris le chemin du bois des Fosses,
et au bout d'un quart d'heure nous nous sommes
trouvés sous les grands fûts de la *réserve*. Quelle
belle chose qu'une futaie à l'heure du soir où le
soleil glisse ses rayons obliques sous le couvert !
Les hêtres et les chênes élancent droit vers le
ciel leurs troncs sveltes et nus, surmontés d'une

ramure opaque. Le sol éclairci et débarrassé de broussailles laisse le regard plonger dans les intimes profondeurs de la forêt; une lumière verdissante et mystérieuse baigne la futaie où les pas et les voix deviennent plus sonores. De tous côtés, les hêtres profilent leurs blanches colonnades. C'est comme un temple aux mille piliers puissants, aux nefs spacieuses et sombres, où, tout au loin, des pluies de rayons lumineux brillent dans l'ombre comme des lueurs de cierges. Tandis que nous cheminions, silencieux et recueillis, une âcre odeur de fumée se répandait sous les branches. — Les charbonniers ne sont pas loin, dit Tristan.

En effet, nous aperçûmes bientôt les fourneaux à charbon espacés entre les arbres : les uns conservant encore leur forme conique, les autres affaissés et fumants. A quelques pas de la *loge,* construite en ramilles et en mottes de gazon, les charbonniers assis en cercle sur des sacs préparaient le repas du soir autour d'un feu de souches où bouillait la marmite. Ils étaient six : trois gars bien découplés, aux regards intelligents sous le chapeau à larges bords, une fillette de seize ans ayant la beauté

agreste d'un fruit sauvage, puis le maître charbonnier et sa femme, déjà ridés, hâlés et cre-
vassés par l'âge et le labeur. Nous demandâmes
la permission d'allumer nos pipes au brasier, et
petit à petit nous liâmes connaissance. Les
charbonniers sont gens peu expansifs et d'humeur défiante. Cependant, quand ils virent que
nous nous intéressions sérieusement à leurs
occupations, leurs langues commencèrent à se
délier. L'offre d'un paquet de tabac acheva de
les apprivoiser ; la petite, qu'on nommait Brunille, et qui d'abord s'était cachée dans l'embrasure de la loge, nous lança un regard moins
farouche à travers les grands cheveux dénoués
qui voilaient à demi ses yeux. Nous prîmes
place sur les sacs, et je fis causer le vieux sur
la cuisson du charbon.

— C'est une rude besogne, et capricieuse,
dit-il en secouant les cendres de sa pipe ;
d'abord il faut chercher un bon *cuisage,* abrité
du vent et à proximité des routes forestières ;
puis il y a le *dressage* du fourneau, qui est une
opération délicate, exigeant de la patience et du
savoir. Sur l'emplacement choisi, on compte
huit enjambées ; c'est le diamètre du fourneau.

Au centre, avec des perches fichées en terre, on ménage un vide qui servira de foyer. Les premiers bâtons ou *attelles* dont on entoure ce vide doivent être secs et fendus par quartier, le haut bout appuyé contre les perches. Tout autour, on place une rangée de *rondins,* puis une seconde, une troisième, et ainsi jusqu'à l'extrémité du cercle. C'est le premier lit ; il ressemble quasiment aux grandes toiles rondes des araignées d'automne. Sur ce premier lit, on en élève un second, qui se nomme l'*éclisse,* et on continue de la sorte, toujours rétrécissant les rangées, de façon que le fourneau tout entier prenne la forme d'un large entonnoir renversé. Le troisième lit a nom *le grand haut,* le quatrième et le cinquième s'appellent *le petit haut.* Le dressage terminé, il faut habiller le fourneau d'un épais manteau qui le mette à l'abri de l'air. On le couvre d'une garniture de ramilles sur lesquelles on applique une couche de terre fraîche, épaisse de trois doigts ; enfin on répand sur le tout le *frasil,* c'est-à-dire une cendre noire prise sur une ancienne place à charbon. Le sommet du fourneau étant resté à découvert, on y met le feu au moyen de broussailles

et de charbons allumés ; le courant d'air s'établit, et le bois commence à brûler... Alors seulement, Monsieur, viennent les vraies fatigues
et les tracas du métier. Le charbon est comme
un enfant gâté sur lequel il faut veiller jour et
nuit. Quand la fumée, blanche d'abord, devient
plus brune et plus âcre, on bouche les ouvertures avec de la terre ; puis, douze heures après,
on redonne un peu d'air. Le charbonnier doit
toujours être maître de son feu. Si le charbon
gronde, c'est que la cuisson va trop vite, et avec
le râteau on applique du frasil sur les ouvertures ; si le vent s'élève, autre souci : il faut abriter le fourneau avec des claies d'osier. Enfin,
après mille maux et mille soins, la cuisson s'a-
chève. Le fourneau s'aplatit lentement, on
l'éventre d'un seul côté, et le charbon paraît
noir comme une mûre, lourd et sonnant clair
comme argent.

— Vous arrive-t-il de manquer une cuisson ?

— De fois à autre, et alors nous reversons
les rondins mal cuits dans un nouveau fourneau.

— C'est un rude métier, comme vous le di-
siez.

— Je le croirais ! mais on l'aime en dépit de tout. Voilà cinquante ans que je le fais ; je l'ai commencé sous défunt mon père dans les bois de l'Argonne, et depuis ce temps-là j'en ai vu des forêts, je vous en réponds !

— Moi aussi, j'aime votre métier, dit Tristan, et si j'osais, je vous chanterais une chanson que j'ai faite sur les charbonniers.

Au mot de chanson, Brunille avait cligné de l'œil. — Osez tout de même, reprit le père, cela nous fera grand plaisir.

Alors Tristan, de sa voix de stentor, entonna ces couplets, composés sur un vieil air rustique :

Rien n'est plus fier qu'un charbonnier
    Qui se chauffe à sa braise,
Il est le maître en son chantier
    Où flambe sa fournaise.
        Dans son palais d'or,
        Avec son trésor,
    Un roi n'est pas plus à l'aise.

Il a la forêt pour maison
    Et le ciel pour fenêtre ;
Ses enfants poussent à foison
    Sous le chêne et le hêtre ;
        Ils ont pour berceaux

4

> L'herbe et les roseaux,
> Et le rossignol pour maître.

> Né dans les bois, il veut mourir
> Dans sa forêt aimée;
> Sur sa tombe, on viendra couvrir
> Un fourneau de ramée :
> Le charbon cuira,
> Et son âme ira
> Au ciel, avec la fumée.

Tandis que la voix de Tristan montait sous la futaie, les charbonniers écoutaient attentivement, et la vieille mère dodelinait de la tête en mesure. Les yeux de Brunille brillaient comme deux charbons ardents, et les gars souriaient. On sentait que tous avaient bien compris les couplets, et qu'ils en étaient à la fois touchés et flattés.

— Voilà une bonne chanson ! fit le maître charbonnier quand Tristan se rassit.

— Est-elle imprimée? demanda l'aîné des apprentis, le Grand Justin, — et, sur la réponse négative de mon ami, il manifesta le désir de la posséder.

— Je vais vous l'écrire moi-même, répondit Tristan, chatouillé agréablement dans son amour-propre de poète.

Quand les paroles furent copiées, il leur ré-
péta l'air. Brunille, à demi cachée derrière
l'épaule de sa mère, le fredonnait déjà en sour-
dine. — Ah ! je vous assure, dit la vieille, qu'elle
sera la première à savoir la chanson !

— Je la chanterai à la fête, dans huit jours !
s'écria le Grand Justin en agitant son papier.

— En ce cas, repartit Tristan, pour vous bien
mettre l'air en tête, nous allons encore le répéter tous ensemble.

Et le maître, les compagnons, Brunille et
la mère, redirent en chœur avec nous la chanson du charbonnier. Jamais la futaie du bois
des Fosses n'avait entendu musique si triomphante.

Nous nous quittâmes avec de cordiales poi-
gnées de main. La nuit était venue ; les six fourneaux jetaient de distance en distance leur
rouge lueur, sur laquelle s'enlevaient en noir
les fûts élancés des hêtres et les silhouettes des
charbonniers. Nous étions déjà loin, que nous
entendions encore leurs voix unies entonner le
dernier couplet.

— Voilà une bonne journée, murmurai-je,
nous avons donné un peu de joie à ces braves

gens, et nous nous en retournons nous-mêmes plus légers et plus joyeux.

— Comprends-tu maintenant pourquoi je ne veux pas vivre hors de la forêt ? s'écria Tristan, dont la voix vibrait et dont les yeux jetaient des éclairs d'enthousiasme.

11 septembre.

Au fond d'une gorge étroite, fraîche et boisée, la ferme d'Amorey élève ses bâtiments aux toits moussus. Derrière les étables règne un maigre potager bordé de pommiers trapus ; en avant s'étendent des prés marécageux où paissent quelques vaches. Les terres du fermier sont enclavées dans les bois environnants, et deux bonnes lieues séparent la ferme du plus proche village. Tristan fume, assis au-dessus d'une source, et ses grandes jambes guêtrées pendent au fil de l'eau. — A mes heures de découragement, dit-il, je rêve parfois de finir mes jours dans cette ferme, enseveli dans un profond oubli. On y est si loin des bruits du reste de la terre ! Des générations de paysans s'y sont succédé, couchant dans le même lit antique, en forme d'armoire, récoltant des fruits aux mêmes arbres, poussant la même charrue. Les saisons alternées leur ramènent le même cercle de travaux, que l'habitude et la monotonie ont rendus faciles et doux. Le berceau d'osier qui a bercé les pères endormira les enfants Le *piéton* y apporte à peine une lettre en deux ans, et les journaux n'y ont jamais pénétré. Quand d'aventure on y a des nouvelles du monde extérieur, c'est par un colporteur égaré ou un garde forestier en tournée, et encore, en traversant l'épaisse ceinture de la forêt, ces nouvelles prennent une teinte si légendaire qu'elles ressemblent à des récits merveilleux. La vie doit couler ici avec la lenteur d'une eau somnolente, dont les curiosités humaines n'ont jamais troublé la sérénité... Pourquoi secoues-tu la tête d'un air ironique ?

— Parce que, précisément dans cette calme solitude, il s'est passé, voilà tantôt quarante-cinq ans, une tragique histoire, et je m'étonne que tu n'en saches rien.

— Absolument rien, reprend Tristan, furieux de voir son rêve pastoral à vau-l'eau; conte-

la-moi au lieu de m'agacer avec tes mines rail-
leuses.

— Je voudrais te la dire avec la même simplicité qu'elle me fut racontée autrefois, dans la
.lande de Vivey, par le *piéton* qui va d'Auberive
à Lamargelle. La voici :

Au temps de la Restauration, deux familles
vivaient dans cette ferme : d'abord le fermier
Perdriset, qui l'exploitait avec sa femme et ses
deux filles, puis un bûcheron, qui en occupait
une dépendance avec son fils, Remy Fleuriot.
La plus jeune fille du fermier, nommée Reine,
était du même âge que Remy. On les avait élevés ensemble et ensemble, ils avaient grandi.
Remy était devenu un beau gars, brun, bien
découplé et hardi, mais très-concentré et sauvage ; Reine était une fillette blonde, fort douce,
d'une nature calme et un peu moutonnière.
Quand Remy atteignit ses seize ans, il devint *coupeur aux bois* comme son père ; Reine resta occupée des besognes de la ferme ; mais ils se retrou-
vaient en hiver, à la veillée, et les soirs d'été au
bord du ruisseau, où la jeune fille étendait son
linge. Leur intimité, bien qu'entravée par les
travaux du jour, n'en devenait que plus étroite

aux heures de réunion. Ce n'était encore qu'une
amitié très-vive mais très-pure. L'amour aux
champs est semblable à ces plantes des bois qui
restent ignorées.jusqu'à ce que les fleurs s'épanouissent. Tout alla paisiblement jusqu'à l'époque où Remy, courant sur ses vingt et un ans,
se rendit à Auberive pour le tirage. Ce jour-là,
Reine s'esquiva de la ferme vers le *tantôt* et s'en
alla sur la route forestière épier le retour de
Remy : quand elle l'aperçut au tournant du chemin, et que le garçon triomphant lui eut montré un bon numéro, épinglé aux rubans rouges
qui décoraient son chapeau, Reine, jusque-là si
réservée, se jeta à son cou et l'embrassa en
pleurant. Remy, très-ému, prit les mains de la
jeune fille et lui demanda si elle voulait devenir
sa femme, et, comme les yeux de Reine disaient
clairement oui, un nouveau baiser scella leurs
fiançailles, et ils se promirent de s'aimer jusqu'à la mort.

Remy n'eut plus alors qu'une pensée : gagner
assez d'argent pour se mettre en ménage avec
Reine ; une fois l'automne venu, il s'embaucha
parmi des bûcherons qui allaient exploiter une
coupe du côté de Grancey. Malheureusement

Perdriset, qui n'avait pas été mis dans la confi-
dence, avait d'autres vues pour sa fille cadette.
Le même automne, un garçon de Germaine, fils
unique et ayant du bien, fréquenta assidûment
la ferme ; un jour Perdriset signifia à Reine
qu'il l'avait choisi pour gendre, et que c'était
affaire conclue. La jeune fille pleura, mais ne
sut pas se défendre ; sa nature craintive et sou-
mise fit taire son amour, qui se réfugia dans un
recoin de son cœur, comme un oiseau effarou-
ché ; un matin de mars, quand Remy rentra au
logis, le cœur léger et la poche garnie, on lui
apprit que Reine appartiendrait à un autre, et
que le jour des *promesses* était déjà fixé.

Fleuriot reçut le coup en pleine poitrine avec
une apparente résignation ; mais, en dépit de son
caractère renfermé, on sentait que son cœur
saignait au dedans. Il était devenu morose,
inquiet et ne travaillait plus. A ceux qui lui par-
laient du futur mariage de Reine, il se bornait à
répondre en secouant la tête : — Elle sait bien
ce qu'elle m'a promis... — Quant à Reine, elle
semblait éviter de se trouver seule avec lui.
Pourtant il la rencontra un soir près du ruisseau, et lui demanda si sérieusement elle ne

voulait plus de lui; comme elle baissait la tête sans répliquer, il la saisit dans ses bras, lui donna un farouche baiser, et se sauva en disant : — Si je ne t'ai pas, il ne t'aura pas non plus; il ne t'appellera jamais femme. — Le lendemain était le jour des promesses; dès le matin, Fleuriot partit pour Langres, où il acheta un pistolet, un quarteron de poudre et quatre balles. — On en a toujours besoin quand on va aux noces, répondit-il à l'armurier qui le questionnait. — Il ne revint qu'à la nuit close, s'en fut droit à la ferme et supplia la mère Perdriset de le laisser une dernière fois seul avec Reine. La jeune fille teillait du chanvre dans la cuisine; ils causèrent environ une demi-heure à voix basse, et de la chambre voisine les gens entendaient les sanglots de Fleuriot, mêlés aux soupirs de Reine. Tout à coup une détonation retentit, et la vieille mère, en ouvrant la porte, vit sa fille étendue sanglante sur la pierre de l'âtre. Elle avait été tuée du coup; Fleuriot à son tour avait essayé de se faire sauter le crâne, et s'était manqué; on le garrotta, et le lendemain soir il était enfermé dans une cellule de la prison de Langres. Devant le juge et plus tard

aux assises, il avoua tout et conta son histoire
d'une façon naïve et touchante. Il y avait eu
préméditation, et il fut condamné à mort; mais,
les jurés ayant signé un recours en grâce, sa
peine fut commuée en celle des travaux forcés
à perpétuité. En ce temps-là, on n'avait encore
supprimé ni l'exposition publique, ni la marque
au fer rouge ; le 23 septembre 1829, Fleuriot fut
extrait de la maison de justice, mis au carcan
sur la place de l'Hôtel-de-Ville, flétri des lettres
T. P., puis dirigé sur Toulon.

Alors commença pour lui une terrible vie
d'expiation et de misère. Pourtant l'expression
de son repentir était si poignante qu'elle émou-
vait même les argousins. Sa conduite ayant été
exemplaire, sa peine, d'abord changée en déten-
tion, fut réduite à quinze ans. Il sortit de la
maison de Clairvaux en 1845. Un soir de printemps, le notaire d'Auberive, qui revenait de
Langres en voiture publique avec un voyageur
vêtu d'une blouse de paysan, fut très-surpris,
quand on atteignit les bois de Montaubert, de
voir son compagnon se pencher à la portière et
soudain fondre en larmes. C'était Remy Fleuriot, pleurant à l'aspect des grands bois d'où sa

jeunesse avait été déracinée par une si ef-
froyable tempête.

Il s'établit avec son père à Germaine, non loin
du val d'Amorey, et pendant sept ans les la-
beurs et les privations qu'il s'imposa comme
une pénitence, son front sans cesse courbé, ses
yeux rougis, ses cheveux blancs avant l'âge,
firent une impression profonde sur les habitants de la commune. Son seul désir, mais un
désir fiévreux qui le tourmentait jour et nuit,
était d'obtenir sa réhabilitation judiciaire. Les
magistrats et les gens influents du pays l'ap-
puyaient, et on allait aboutir, quand un obstacle
imprévu menaça de tout entraver. Un condamné
ne peut être réhabilité que lorsque les frais de
sa condamnation ont été payés à l'État. Or,
pour Fleuriot, les frais s'élevaient à 400 francs.
— 400 francs! et il gagnait à peine 40 sous par
jours! — Le malheureux se désespérait, quand
le juge de paix crut tout aplanir au moyen du
biais suivant : tout débiteur de l'État, qui est in-
solvable et qui subit la contrainte par corps
pendant le temps légal, se trouve par le fait de
son incarcération, libéré envers le trésor. Il ne
restait donc plus qu'à avaler cette dernière

amertume : deux mois d'incarcération, — et puis Fleuriot pourrait reprendre son nom d'honnête homme et respirer librement. Il consentit à tout, et le 11 novembre suivant fut écroué dans la prison de Langres ; mais quand il se retrouva dans cette geôle peuplée pour lui de fantômes terribles, quand il revit l'odieuse cellule où on l'avait jeté jadis, tout couvert encore du sang de sa Reine bien-aimée, il sentit que cette suprême épreuve était trop lourde pour ses pauvres épaules. Dans la nuit du 7 janvier 1855, le geôlier entendit un grand cri, suivi d'une plainte déchirante, et en ouvrant la porte de la cellule il vit que Remy Fleuriot était mort.

Mon histoire était finie ; Tristan s'est levé gravement et m'a tendu la main : — Je te remercie de m'avoir conté cela ; maintenant chaque fois que je repasserai devant la ferme, je donnerai une pensée à Fleuriot.

12 septembre.

Ce matin, en regardant du haut de Montgérand les pentes du Val-Clavin, qui commencent à

se teinter de jaune et de pourpre, je ne pouvais
me lasser d'admirer la variété des essences qui
croissent dans cette partie de la forêt. — Oui,
s'est écrié Tristan, les gens du monde s'imaginent que les bois ne sont peuplés que de trois
ou quatre grandes espèces dominantes, comme
le chêne, le hêtre, le sapin ou le châtaignier; ils
ne se doutent pas qu'à côté de ces races prin-
cières il y a le menu peuple des arbres, dont les
physionomies sont tout aussi originales. C'est
ainsi que, dans la profonde forêt de l'histoire,
on ne voit d'abord que certaines personnalités
héroïques et absorbantes; mais, si on prend la
peine de plonger plus à fond et d'étudier les
individualités obscures et négligées, on décou-
vre des caractères curieux et des figures intéressantes. Celui qui écrirait une monographie
des essences secondaires trouverait là matière
à des observations neuves et utiles. Il y a le
charme, par exemple, ce cousin germain du
hêtre; ceux qui n'ont pas vu une futaie de charmes ne peuvent se faire une idée de l'élégance
de cet arbre aux fûts minces et noueux, aux
brins flexibles, au feuillage ombreux et léger. Et
le bouleau! que n'aurait-on pas à dire sur la

grâce de cet hôte des clairières sablonneuses,
avec son écorce de satin blanc, ses fines branches souples et pendantes où les feuilles frisson-
nent au moindre vent? En avril, toutes les
veines du bouleau sont gonflées d'une sève rafraîchissante ; nos paysans enfoncent un chalu-
meau à la base du tronc et y recueillent un
breuvage limpide et aromatique. J'en ai goûté
une fois, et, grisé par cette pétillante liqueur,
je me suis couché au pied de l'arbre en proie à
une délicieuse hallucination. Il me semblait que
dans mes veines circulait et fermentait la sève
des plantes forestières, et que moi-même j'allais
verdir et bourgeonner. J'étais devenu un bouleau ; l'air jouait mélodieusement dans mes
ramures couvertes de chatons en fleur, les fau-
vettes chantaient dans mes feuilles, et les sau-
ges odoriférantes s'épanouissaient à ma base...
C'était un enchantement, je t'assure! — Je ne
te nommerai que pour mémoire l'érable, à
l'écorce rugueuse et aux feuilles tridentées, le
frêne, aimé des cantharides, le sycomore, rive-
rain des sources vives, le tremble, au feuillage
argenté ; mais je ne veux pas quitter le sujet
sans te dire tout le bien que je pense du til-

leul, qui peuple nos taillis de son épaisse fron-
daison.

Le chêne est la force de la forêt, le bouleau
en est la grâce ; le sapin, la musique berceuse ;
le tilleul, lui, en est la poésie intime. L'arbre
tout entier a je ne sais quoi de tendre et d'atti-
rant ; sa souple écorce, grise et embaumée, sai-
gne à la moindre blessure ; en hiver, ses pous-
ses sveltes s'empourprent comme le visage d'une
jeune fille à qui le froid fait monter le sang aux
joues ; en été, ses feuilles en forme de cœur ont
un susurrement doux comme une caresse. Va
te reposer sous son ombre par une belle après-
midi de juin, et tu seras pris comme par un
charme. Tout le reste de la forêt est assoupi et
silencieux ; à peine entend-on au loin un rou-
coulement de ramiers ; la cime arrondie du tilleul, seule, bourdonne dans la lumière. Au long
des branches, les fleurs d'un jaune pâle s'ouvrent par milliers, et dans chaque fleur chante
une abeille. C'est une musique aérienne,
joyeuse, née en plein soleil, et qui filtre peu à
peu jusque dans les dessous assombris où tout
est paix et fraîcheur. En même temps chaque
feuille distille une rosée mielleuse qui tombe

sur le sol en pluie impalpable, et, attirés par la
saveur sucrée de cette manne, tous nos grands
papillons des bois, les *morios* bruns, lisérés de
jaune, les *vulcains* diaprés d'un rouge feu, les
mars à la robe couleur d'iris, tournoient lentement dans cette demi-obscurité comme de magnifiques fleurs ailées. C'est surtout pendant les
nuits d'été que la magie du tilleul se révèle
dans toute sa puissance. Au parfum des prés
mûris, la forêt mêle la balsamique odeur des
tilleuls. C'est une senteur moins pénétrante que
celle des foins coupés, mais plus embaumée et
faisant rêver à de lointaines féeries. Le prome-
neur anuité, qui traverse les longues avenues et à
qui le vent apporte l'odeur des tilleuls, se forge,
s'il est jeune, quelque idéale chimère, et, s'il est
vieux, repense avec attendrissement aux heures
d'or de sa jeunesse. Les jeunes filles accoudées
aux fenêtres des fermes sentent dans leur cœur
un enivrement inexpliqué, dans leurs yeux des
larmes soudaines, et les écoliers, épris de poésie, se mettent tout à coup à aligner des vers, ce
qui porte le désespoir dans le sein de leurs familles... C'est comme cela que je suis devenn
un rimeur.

13 septembre.

Le temps était à l'orage, et, au moment où nous quittions la petite cascade des Moulineaux, une violente ondée nous a forcés de nous réfugier dans une hutte abandonnée. La pluie remplissait d'un bruit frais toute la feuillée, et la cascade, gonflée subitement, grondait en dévalant sur les gradins naturels formés par le tuffeau. Vue à travers la porte de la hutte, la forêt avait l'air de fondre en pleurs.

— C'est bien fait pour nous, remarqua Tristan, notre hôtesse nous avait prévenus ; aujourd'hui, vendredi 13, il devait nous arriver quelque mésaventure.

Nous fûmes ainsi amenés à nous entretenir des superstitions rustiques qui se sont conservées dans toute leur intégrité parmi ces populations casanières et naïves. Il y a encore ici un sorcier et deux ou trois *rebouteurs*. Plus d'une bonne femme prétend avoir aperçu le *folletot* (une sorte de feu-follet) errant à la brune dans les fondrières voisines de la *Combe au sang*, et, pendant la nuit de Noël, maint bûcheron attardé, et un peu allumé par les réjouissances du réveillon, a entendu les cors retentissants de la *grand'chasse;* agenouillé dans un fossé, il a vu tout à coup chevaucher comme un ouragan, à travers les tranchées, le grand-veneur habillé de feu, suivi de ses piqueurs fantastiques et de sa meute endiablée.

— Parbleu ! dit Tristan ; moi qui te parle, j'ai passé pour un fantôme. Je me promenais dans les environs de Lamargelle, et j'avais été surpris par un orage comme celui-ci ; j'avisai une maison isolée, et je m'y précipitai tout ruisselant, entre deux coups de tonnerre. Une brave femme, seule, filait sous l'obscur manteau de la grande cheminée et se signait à chaque éclair. Je demandai la permission de m'abriter chez elle, et je m'assis sans plus de cérémonie. La vieille, de temps à autre, me dévisageait d'un air effaré. — C'est étonnant, murmura-t-elle enfin, comme vous ressemblez à défunt mon frère, qui était, dans les temps, garde-vente à Grancey. — Nous nous mîmes à causer du mort, puis peu à peu la pluie cessa, et je songeai à me retirer ; mais au moment de partir une lubie me traversa le cerveau, et, sur le pas de la porte, me retournant vers la fileuse, je lui dis d'une voix profonde : « Est-il possible que tu n'aies pas reconnu ton frère ?... Adieu ! » et je disparus comme un spectre. Deux jours après, il n'était bruit dans le pays que du fantôme apparu à Lamargelle pendant l'orage, et la vieille fileuse jurait avoir vu de ses yeux l'âme de feu son frère, environnée d'éclairs de soufre... Je t'avoue que j'en ai comme un remords.

— Et voilà comme se sont forgés beaucoup de miracles ! repris-je en riant; mais quoi d'étonnant, si dans ce pays l'habitant, vivant sans cesse face à face avec les enchantements de la forêt, finit par la considérer comme une puissance mystérieuse et y incarne ses craintes, ses désirs et ses plus secrètes espérances ? Quand le bûcheron passe au matin par la clairière où les mousserons ont décrit des cercles verts dans l'herbe plus drue, il y croit retrouver les traces de la ronde des fées, et la nuit, lorsqu'il aperçoit à travers un rayon de lune les blanches vapeurs de la cascade, il s'imagine voir les dangereuses et séduisantes *dames des eaux* descendre vers les marais.

— Sais-tu, demanda Tristan, pourquoi de

tout temps ce caractère de perfidie et de séduction a été attribué aux ondines ?

— Sans doute parce que tout danger renferme en lui je ne sais quel attrait inexplicable.

— Nenni ; c'est parce que pour nous tous,
paysans ou lettrés, l'ondine est encore la plus
exacte personnification de la femme : violente
comme les flots du torrent, capricieuse et cha-
toyante comme un arc-en-ciel dans une gibou-
lée de mars, perfide comme l'eau qui dort...

— Et avec tout cela attirante et irrésistible.
Rappelle-toi les figures de femmes du Vinci et de
son école : ces ovales allongés et encadrés de
fines chevelures crêpelées à reflets changeants ;
ces flexions serpentines du cou, ces lèvres spirituelles dont le sourire est en même temps une
ironie et une promesse : ces yeux longs, voluptueux, où sous des paupières demi-fermées
s'allume une lueur mélancolique et provocante...
A mon avis, les ondines devaient être faites de
la sorte.

L'entretien en était là, quand un bruit de
voix venant du dehors a détourné notre attention. Par les fentes de la hutte, nous avons reconnu au bord du sentier le Grand Justin et

Brunille, la fille du charbonnier. La petite sauvage avait fait un brin de toilette ; ses cheveux,
retenus par un peigne d'acier, ne flottaient plus
en désordre ; ils laissaient voir son profil fier et
le brun rosé de sa joue. — Où vas-tu par un
temps pareil ? lui demanda le Grand Justin d'un
ton soupçonneux.

— Tu es bien curieux ! répliqua Brunille
d'une voix âpre, avec une nuance d'impatience.

— J'en ai le droit, puisque tu seras ma femme
dans dix jours.

— Savoir !... Tant que tu ne m'auras pas mis
l'alliance au doigt devant le curé, je ne te per-
mettrai pas de me commander. — Et comme
Justin, mécontent, grommelait sourdement :
— Pourtant, reprit-elle, je ne t'en fais pas
mystère, j'allais au village acheter du ruban
rouge pour natter mes cheveux le soir de la
fête.

— Afin que les gens te remarquent et que
les forestiers te fassent danser, n'est-ce pas ?..
Mais nenni, Brunille, tu ne danseras qu'avec
moi.

— Je danserai avec qui je voudrai, s'écria-

t-elle en frappant du pied avec colère, et je val-
serai encore, si cela me plaît.

— A ton aise! c'est moi qui n'irai pas à la
fête, en ce cas.

— Ne te gêne pas, il y en aura d'autres qui
m'y conduiront.

— Grand bien leur fasse !

— Hum ! murmura Tristan, je crois que cela
se gâte.

— Tais-toi !

Les deux amoureux s'étaient tourné le dos ;
il y eut un moment de silence, et le Grand Justin fit mine de remonter vers les bois.

— Justin ! hasarda Brunille.

— Va quérir tes rubans rouges.

— Peut-on être aussi méchant et colère? continua-t-elle d'une voix plus veloutée... Tu sais
bien, grand jaloux, que je ne me fais belle que
pour toi seul.

— Et les forestiers? reprit l'autre en faisant
un pas en arrière.

— Je me moque d'eux et n'aime que toi !
s'écria-t-elle en le tirant par sa blouse. — Elle
le regardait droit dans les yeux, puis frottait sa
joue contre l'épaule du jeune gars, avec toute

sorte de câlineries embobelinantes. On n'est pas de bois, et Justin se laissait faire. Il y eut un nouveau silence, puis un bruit de baisers à travers la pluie.

— Si tu étais gentil, poursuivit Brunille, au lieu de *bougonner*, tu m'accompagnerais un bout du chemin.

— Et mon fourneau? objecta-t-il mollement.

— Michelin le surveillera... D'ailleurs nous ne ferons que l'allée et la venue... Allons, viens! fit-elle avec un joli mouvement de tête, si mignonnement engageant que le Grand Justin ne résista plus, et qu'ils s'éloignèrent bras dessus bras dessous.

— Le lâche! murmura Tristan indigné... La voilà, l'ondine! Partout la même, en haut comme en bas, au village comme à la ville... J'en jure par la forêt, je mourrai dans la peau d'un célibataire.

— Ne jure pas, ami Tristan! qui sait si les *dames des eaux* ne tireraient pas de toi quelque ironique vengeance en te faisant trébucher dans la plus ensorcelante de leurs sources?...

16 septembre.

Les sabotiers sont installés au fond de la *Grand'Combe,* près d'une *taille* où un ruisseau chante clair comme une flûte. Toute la famille est là : le maître avec son fils et son gendre, les apprentis, la vieille ménagère et les marmots qui pataugent dans les cressonnières. Sous les aulnes s'élève la loge de planches où couche la maisonnée ; non loin, les **deux** mulets qui ont amené l'attirail du campement sont attachés à des pieux et tirent sur leur longe pour donner çà et là un coup de dent à l'herbe du fossé. L'automne dernier, la troupe était campée sur les hauts plateaux de Perrogney ; où ira-t-elle à l'automne prochain ? Qui le sait ? — Le maître lui-même l'ignore. Tout dépendra de la vente des bois et des chances de l'exploitation, car le sabotier est pareil aux oiseaux de passage, il parcourt successivement tous les cantons de la forêt, s'arrêtant là où une coupe va être exploitée et où il trouve à faire un bon marché. Il a bien, là-bas, dans quelque village voisin, une maison au vieux mobilier poudreux, mais il **ne**

l'habite guère que dans les mauvaises saisons,
et ne s'y retire définitivement que pour s'y ali-
ter et mourir.

Cette année, l'installation est à souhait. On se
trouve à l'aise au fond de cette combe verte et
paisible, à deux pas de la coupe, où se dressent
les arbres achetés sur pied et marqués du mar-
teau de l'adjudicataire. Ce sont de beaux hêtres
aux ramures vigoureuses. Ils ont cinquante pieds
de fût, un mètre de circonférence à la fourche
des branches, et chacun d'eux peut donner six
douzaines de paires de sabots. Il y a aussi dans
le lot quelques pieds de tremble, d'aulne et de
bouleau; mais le sabotier n'en fait pas grand
cas; les sabots qu'on fabrique avec ces essences
ont le bois spongieux, et l'humidité les pénètre
vite. Les sabots de hêtre, à la bonne heure! Ils
sont légers, d'un grain serré, et le pied s'y tient
sec et chaud en dépit de la neige et de la boue.

Toute la troupe est en mouvement. Sur le
seuil de la loge, les femmes jasent en reprisant
les vêtements déchirés. Les hommes abattent
les arbres au ras de terre avec la grande cognée.
Chaque corps d'arbre est scié en *tronces,* et si
les billes sont trop grosses, on les fend en quar-

tiers avec le *coutre*. Un premier ouvrier ébauche
le sabot à la hache, en ayant soin de donner
une courbure différente pour le pied gauche ou
le pied droit ; puis il passe ces ébauches à un
second compagnon, qui commence à les percer à l'aide de la vrille, et qui évide peu à peu
l'intérieur au moyen d'un instrument qu'on
nomme la *cuiller*. Pendant toute cette besogne,
l'atelier bavarde et chante, car le sabotier n'est
point taciturne comme son voisin le charbonnier ;
les muscles continuellement en action, le travail en pleine lumière après une bonne nuit de
sommeil, tout cela vous met en appétit et en
belle humeur. Le sabotier chante comme un lo-
riot, en fouillant le bois tendre, d'où sortent de
blancs copeaux, fins et lustrés comme des rubans, et l'ouvrage se façonne au milieu des rires
et des refrains rustiques.

Les premiers sabots, les plus grands, sont fa-
briqués dans les larges *tronces*, voisines de la
souche. Ceux-là chausseront les pieds robustes
du travailleur, qui dès l'aube s'en va par la pluie
et le vent vers son atelier. Aux premières heures du matin, ils retentiront sur le pavé de nos
rues désertes, aux pieds des balayeurs et des

paysans qui viennent au marché, et nous autres,
paresseux, nous les entendrons à travers un
demi-sommeil. — Dans les *tronces* moyennes
sont taillées les chaussures des femmes : le sabot solide, toujours en mouvement, de la ménagère, et le sabot plus léger et plus coquet de la
jeune fille. Celui-ci, on l'entend partout battre
le sol avec un bruit allègre, sonore et rapide
comme la jeunesse : sur les dalles du lavoir, autour du bassin de la fontaine, et la nuit dans le
sentier pierreux qui mène au *veilloir...* — A
mesure qu'on arrive au dernier tiers du fût de
hêtre, les billes se raccourcissent, on y taille les
sabots du petit pâtre, qui s'en va dans les longues friches nues à la suite d'un troupeau de
vaches. On y façonne aussi les sabots de l'éco-
lier ; lors de l'entrée à l'école, leur bruit lent et
mélancolique a l'air de ramper sur les pavés,
mais en revanche, à la sortie, quel tapage assour-
dissant et joyeux ! — Les dernières billes sont
réservées pour les *cotillons,* c'est-à-dire pour les
sabots des petits enfants. Ces derniers ont le
meilleur lot ; ils sont choyés et fêtés, surtout au
lendemain de la Noël, et puis ils ne fatiguent
guère, et on les use rarement. Dès que le pied

du marmot a grandi, on les garde précieusement
dans un coin d'armoire, comme on garde la
première dent de lait ou la robe de baptême.
Longtemps après, quand le *petit* est devenu un
homme ou quand sa place est vide dans la maison, la mère tire le mignon sabot de sa ca-
chette et le montre pieusement, — parfois avec
un sourire, trop souvent aussi avec les yeux
pleins de larmes...

Tout en creusant le bois, nos sabotiers chantent toujours, et les billes se transforment
rapidement entre leurs mains. Une fois le sabot
évidé et dégrossi à la *rouette*, le *perceur* en
ébarbe les bords, puis le passe à un troisième
ouvrier chargé de lui donner la dernière façon
à l'aide du *paroir*, qui est une sorte de couteau
tranchant fixé par une boucle à un banc solide.
Ce troisième compagnon est l'artiste de la
bande, il finit et polit le sabot, sur lequel il
grave, lorsqu'il s'agit d'une chaussure féminine,
une rose ou une primevère, selon sa fantaisie.
Il pousse même parfois le raffinement jusqu'à
découper à jours le bord du cou-de-pied, de
façon que les dentelures du bois laissent trans-
paraître le bas bleu ou blanc de la fille coquette

qui chaussera ce sabot de luxe. — A mesure
qu'ils sont achevés, les sabots sont rangés dans
la loge, sous un épais lit de copeaux qui les
empêche de se fendre ; puis, une ou deux fois
la semaine, les apprentis les exposent à un feu
de brins verts qui les enfume, durcit le bois et
lui donne une chaude couleur d'un brun doré.

La besogne se poursuivra de la sorte jusqu'à
ce que tous les arbres aient été employés. Alors
on lèvera le camp. Adieu la combe verdoyante
et le ruisseau babillard ! On chargera les mulets
et on partira à la recherche d'une exploitation
nouvelle. Ainsi, toute l'année, la forêt reverdie
ou jaunissante, semée de fleurs ou jonchée de
feuilles sèches, entendra dans un de ses coins
l'atelier bourdonner comme une ruche, et les
sabotiers façonner gaîment par douzaines cette
primitive chaussure, — simple, salubre et naïve,
comme la vie forestière elle-même.

20 septembre.

Aujourd'hui Tristan m'a conduit dans les
bois de Charbonnière, du côté du Val-Clavin, en
me disant : — Je t'ai montré *mon jardin*, il est

6.

juste que je te fasse connaître aussi *mon verger*.
— Nous avons traversé un taillis en pente, sil-
lonné de ruisselets d'où les merles et les grives
partaient à chaque instant par volées. — Ils
viennent, reprit Tristan, s'y baigner et boire
frais, quand leur déjeuner d'alises, de prunelles
et autres baies astringentes leur a trop asséché
le gosier. Te voilà ici dans le grand *fruitier* de
la forêt; de quelque côté que tu te tournes, tu
verras des fruits pendre aux branches des arbres
et des arbustes. En mère attentive, la forêt
donne à ses enfants non-seulement un bon gîte,
mais encore un bon souper, et, avec cette grâce
aimable qui n'appartient qu'aux mères, elle
sème au dessert ses plus belles fleurs sur la
nappe verte afin de réjouir les yeux de ses convives, en même temps qu'elle apaise leur appétit. A peine juin est-il à moitié de sa course,
que les fraises et les framboises parfument les
fourrés, puis viennent les merises noires, chères
aux loriots; mais c'est surtout en automne que
la forêt prodigue ses largesses. *A la Sainte-*
Madeleine, comme dit le proverbe, les noisettes
sont pleines, et les coudraies feuillues tendent
vers nous les amandes jumelles, encapuchon-

nées dans leurs cupules si curieusement déchi-
quetées. C'est là que les écureuils viennent faire
leurs provisions d'hiver. Les prunelles bleuis-
sent aux haies; les pommes et les poires des
bois étalent leurs fruits âpres, d'un vert pâle,
au milieu du feuillage rougissant des sauvageons. Les baies des cornouillers, semblables à
des olives vermeilles, achèvent de mûrir à côté
des épines-vinettes cramoisies, et du haut des
alisiers pendent les bouquets bruns des alises,
pareilles pour le goût et la couleur à de petites
nèfles. Les chênes font pleuvoir leurs glands, et
les sangliers s'en régalent. De la Saint-Michel à
la mi-novembre, le *fruitier* est toujours abon-
damment rempli ; mais le plus riche produit du
verger forestier est encore le fruit du hêtre : la
faîne. Vers la fin de septembre, les capsules
rougeâtres et rugueuses des hêtres s'entr'ouvrent,
les faînes s'en échappent, deux à deux, avec un
bruit sec ; le sol est jonché de leurs graines
brunes et triangulaires. Alors tous les bois sont
en rumeur; femmes, vieillards, enfants, accou-
rent des villages voisins pour récolter la faîne.
On étend sous chaque arbre de grands draps
blancs, on secoue les branches à coups de

gaule, et les graines anguleuses tombent comme une averse. La faîne est très-savoureuse. Nos paysans en font de l'huile en soumettant les amandes, enfermées dans des sacs de toile neuve, à de lentes pressions. Cette huile, extraite à froid, vaut l'huile d'olive; elle a l'avantage de se conserver pendant dix ans sans perdre de sa qualité, et elle sert à confectionner des fritures fines, dorées, affriolantes... Essaies-en, et, comme dit Brillat-Savarin, tu verras merveille !

Je m'étais penché vers les halliers pleins de fruits violets ou vermeils... — En route! s'écria Tristan, m'interrompant dans ma cueillette de cornouilles et de mûres, maintenant que tu connais le *fruitier*, il faut que tu visites aussi le *potager*.

Nous reprîmes le chemin de la futaie des Fosses. Les pluies des jours précédents avaient détrempé le sol, et, sous les grands couverts, la population étrange des cryptogames avait poussé et grandi en une nuit. Toutes les variétés de champignons étaient là disséminées, soulevant les feuilles sèches, sertissant le pied des arbres, dominant les touffes d'herbe. Il y en avait de toute forme et de toute nuance : gros chapeaux bruns et bossués, frêles parasols gris, larges coupes blanchâtres retenant l'eau de pluie dans leur creux, mitres d'évêque d'un jaune chamois, branches fines ramifiées comme des coraux, boules neigeuses et gonflées...

— Tu vois ici, dit Tristan, le vaste garde-manger toujours libéralement ouvert aux gens de la forêt. Les agarics, les bolets, les chanterelles et les clavaires y poussent à foison ; seulement il faut ouvrir l'œil et y regarder de près : l'ivraie se trouve à côté du bon grain, et malheur à ceux qui, trompés par une fausse ressemblance, tombent sur un champignon vénéneux ! Ce qu'il y a de fatal, c'est que chaque espèce comestible a presque toujours un sosie qui végète dans le voisinage, et dont souvent les propriétés sont pernicieuses. Ainsi le cèpe, ce délicieux bolet qu'on nomme chez nous le *char-bonnier*, a pour cousin germain le bolet *meur-trier*, dont le nom indique assez le caractère malfaisant. L'oronge, ce royal champignon jaune comme un soleil, ne croît pas dans nos bois, mais nous avons ses détestables sœurs, deux terribles empoisonneuses : l'amanite *fausse-oronge* et l'amanite *citrine*, dont tu vois d'ici les cha-

peaux rouges ou verdâtres couverts de taches de
lèpre. Le mousseron, hôte des taillis de cou-
driers, a pour ménechme l'agaric *nébuleux*, qui
ne vaut pas cher et qui est la caricature du premier. En général, on peut observer comme
règle que les bons champignons ont tous la
chair parfumée, blanche et cassante, l'épi-
derme sain et une mine d'honnêtes gens, tandis
que les cryptogames vénéneux ont la physionomie équivoque, la couleur changeante, l'o-
deur nauséabonde et l'air sinistre des coquins.
Malheureusement cette règle n'est pas sans
exception, et les gens peu exercés s'y trompent.

— Je voudrais, répondis-je, que dans chaque
école primaire il y eût de bonnes planches
coloriées, représentant exactement les espèces
comestibles ou dangereuses, et indiquant, en
regard des noms scientifiques, les surnoms
populaires sous lesquels les champignons sont
connus dans les diverses parties de la France.
Il faudrait que l'instituteur fût tenu d'apprendre
aux enfants assez de botanique pour qu'ils
pussent reconnaître les caractères distinctifs de
chaque espèce.

— Certainement, au lieu de bourrer les cer-

velles enfantines d'une foule de niaiseries scolastiques, on devrait leur donner, sous la forme
de ces *leçons de choses* introduites dans les écoles
américaines, des notions claires et pratiques
sur le petit monde qui les entoure ; mais la routine, mon ami, la routine !... Nos instituteurs
ignorent l'analyse et la classification de nos
plantes usuelles, et même nos médecins de village, pour la plupart, ne savent pas un mot de
botanique. Les gens qui connaissent encore le
mieux les cryptogames sont nos bûcherons et
nos charbonniers... Attention ! nous arrivons à
un endroit où ne croissent g ère que des espèces
innocentes, avec lesquelles il n'y a pas de
méprise possible. Ce champignon d'un jaune
d'or, au chapeau coquettement retroussé et
frisé, est la *chanterelle*, connue vulgairement
sous le nom de *chevrette* ; celui-ci, tantôt gris-
perle et tantôt jaune-saumon, qui ressemble à
une touffe de coraux, c'est la *clavaire* ou *menotte*.
Voici le *lactaire doré*, dont les fines lamelles
laissent transsuder une liqueur ambrée, —
l'agaric *élevé* ou *colmelle*, avec sa bague et son
parasol, — l'*helvelle*, dont le chapeau a l'air
d'une mitre d'évêque, et non loin la tribu des

hydnes. Remarque leurs allures singulières ; **ils poussent par bandes** et décrivent des demi-cercles autour des arbres. L'hydne est peut-être le plus original de nos champignons d'automne. Son pied est excentrique, et son chapeau jaune-chamois se jette tout d'un côté ; des centaines de fines aiguilles verticales garnissent le dessous du chapeau et lui donnent une physionomie de hérisson. Pendant longtemps on ne ramassait pas les hydnes, et on les regardait comme des champignons dangereux. Heureusement on est revenu de ce préjugé. Dans l'un de mes derniers voyages à Paris, j'en ai aperçu une pleine corbeille à l'étalage d'un fruitier ; en revoyant dans une rue sombre et populeuse ces beaux hydnes à odeur d'abricot, encore demi-vêtus de mousse des bois, j'ai été aussi ému qu'un montagnard suisse expatrié qui entendrait tout à coup le *Ranz des vaches.*

Tout en discourant, nous avions ramassé des cèpes et des helvelles, et fait une abondante moisson d'hydnes ; après y avoir ajouté quelques-uns de ces mousserons blanc de neige à feuillets roses, qu'on rencontre dans l'herbe courte des pâtis, nous avons porté toute notre récolte à

nos amis les charbonniers, Naturellement nous
avons été les bienvenus. Justement la charbonnière préparait un civet d'écureuils ; Brunille
procéda elle-même à la toilette de nos champignons, qu'elle versa ensuite avec du lard et des
croûtons de pain dans la poêle brûlante. Elle y
ajouta, en guise d'assaisonnement, les feuilles
hachées de l'*oxalide petite oseille,* et bientôt une
friande odeur de cuisine monta sous les branches des hêtres. Tristan avait avec lui une
gourde de rhum qui servit à corriger la crudité
de l'eau de la source, et nous fîmes au milieu
de ces braves gens le plus gai des repas forestiers. Le ciel riait entre les feuilles, les rouges-
gorges fredonnaient dans le voisinage, et la
fumée bleue du foyer à demi éteint montait
lentement vers les hêtres. Tout en dégustant
l'écureuil, dont la chair a un goût de noisette,
j'épiais les mines de Brunille et du Grand Justin.
Rien qu'à voir les œillades qu'ils se lançaient
derrière le dos de la vieille mère, je jugeai que
le bal de la fête n'avait pas amassé de nouveaux
nuages de jalousie, et que rien n'avait troublé
la paix signée à la cascade des Moulineaux.

Au dessert, — un dessert d'alises et de noix

fraîches, — les deux amoureux, excités par
Tristan, commencèrent une chanson rustique,
une sorte de chant alterné comme dans les idyl-
les de Théocrite ; je n'en ai retenu que quatre
vers que Brunille modulait avec une coquetterie
charmante :

> Elle est aussi vermeille
> Que la rose en été,
> Sa taille est aussi fine
> Que l'herbe dans les prés...

Puis tous deux reprenaient en chœur sur un
ton plus grave :

> Vous m'avez tant aimé,
> Vous m'avez délaissé !...

O Théocrite ! ô Virgile ! J'écoutais ces deux
jeunes voix, tantôt séparées, tantôt harmonieusement accouplées ; je regardais les lentes spi-
rales de la fumée, les réseaux lumineux sous la
voûte des arbres, les figures brunes et accen-
tuées des charbonniers ; je me croyais transpor-
té aux temps des *Thalysies* et du *Moretum,* et,
en savourant cette heure délicieuse, je songeais
avec mélancolie que le temps s'en allait trop

vite, et que dans peu de jours tout ce monde enchanté des bois disparaîtrait à mes yeux.

23 septembre.

Il pleut à verse, de grands nuages noirs pla-
nent dans le ciel, et le vent avec de plaintives rumeurs les chasse devant lui. Les arbres de la
forêt tordent convulsivement leurs branches
mouillées, et l'Aube grossie bouillonne sous les
tilleuls de la promenade. A l'auberge du *Lion
d'or* d'Auberive, devant une claire flambée, il y
a deux heureux compagnons qui se chauffent,
assis à une table recouverte d'une nappe blanche, et ces deux heureux, c'est Tristan et moi.
Le vin rosé nous sourit à travers les bouteilles,
le tournebroche grince agréablement, l'hôtesse
avenante va et vient autour de la table et y dépose, dans un grand plat de faïence peinte, le
gigot odorant et rôti à point. En ce moment,
un rayon de soleil glisse entre les nuées, un
bruit de violons et de chansons retentit dans
l'éloignement. Nous nous mettons à la fenêtre
et, sur un long chariot lancé au galop, nous
voyons déboucher du haut de la rue toute la

bande des charbonniers endimanchés. C'est la noce de Brunille et du Grand Justin qui se rend à l'église. Le cheval est chamarré de rubans ; enrubannés aussi sont les *noceux*. Brunille me paraît d'une beauté moins originale avec son bonnet de fleurs artificielles, mais le Grand Justin est superbe sous son chapeau à larges bords. Ils nous ont aperçus et nous saluent d'un sourire et d'un hurrah ! Puis le fouet claque, les grelots tintent, les rubans flottent dans l'air humide, et **la** noce disparaît comme un tourbillon.

En revenant à table, Tristan remplit nos deux verres jusqu'au bord, et, levant le sien au-dessus de sa tête : — A la forêt ! s'écrie-t-il avec enthousiasme, à la forêt, poésie et parfum de la terre, et puissent longtemps ses futaies s'élever vers le ciel et ses taillis moutonner au vent comme une mer verdoyante ! Aux grands arbres : chênes, hêtres et charmes, qui conservent sous leurs ramures puissantes l'esprit et les mœurs des anciens âges, et parmi lesquels vit une population robuste, laborieuse et fière ! Là où sont les bois, là est le cœur de la patrie, et un peuple qui n'a plus de forêts est bien près de

mourir. Aux fruits de la forêt, cette nourricière,
et aux fleurs de la forêt, cette charmeuse, la
seule maîtresse dont l'amour soit toujours
fervent et jamais égoïste ! A la forêt enfin, qui
a vu notre amitié naître et grandir, solide,
joyeuse, vivace comme les plantes qu'elle fait
croître !

Nous choquons nos verres et nous nous ser-
rons la main. C'est le dernier toast et la dernière
agape. Déjà les claquements de fouet du cour-
rier qui doit m'emmener résonnent à l'angle de
la route ; les chevaux hennissent et piaffent
tout fumants. J'embrasse Tristan, je m'élance
près du conducteur, et la voiture roule à travers
la forêt ruisselante. — Adieu ! et comme dit la
chanson allemande :

Scheiden und lassen thut weh,

se séparer et tout laisser font souffrir.

———

7.

LA

RECHERCHE D'UN COLÉOPTÈRE

———

A H. GIACOMELLI,

LA

RECHERCHE D'UN COLÉOPTÈRE

***

18 septembre.

— Mon cher, sois le bienvenu !... Connais-tu la *chrysomèle du millepertuis?*

Cette singulière question, jetée à brûle-pourpoint au milieu de notre embrassade, fut la première que m'adressa mon ami Tristan lorsque j'arrivai dans son nouveau gîte de Chaumont-en-Bassigny. Elle ne laissa pas de me surprendre, et ma surprise augmenta quand j'eus parcouru d'un rapide coup d'œil l'intérieur du logis de Tristan. Les murs étaient garnis de nombreuses vitrines sous lesquelles s'étalaient, méthodiquement alignés et percés de longues épingles, des coléoptères de toutes formes : —

lucanes aux mandibules menaçantes, longicor-
nes aux élégantes antennes ramenées en arrière,
carabes dorés, nécrophores en livrée de deuil...
Sur la table, des pinces, des fioles, des loupes,
étaient éparses à côté de gros dictionnaires
d'entomologie.

— C'est la seule chrysomèle indigène qui me
manque, reprit Tristan, toutes les autres sont
là ! — Il me montra une vitrine où brillaient,
comme de fines pierreries, des centaines de
petits coléoptères de toutes couleurs, depuis le
bleu du saphir jusqu'au vert de l'émeraude, en
passant par une gamme de tons bronzés, cui-
vrés, fauves et pourprés, un véritable écrin. —
Tu ne saurais croire combien le désir de posséder mon inconnue me hante depuis que je
sais qu'elle vit dans le pays.

Il prit la *Faune entomologique française* et lut à
haute voix : — « *Chrysomela fucata*. Noire en
dessous, avec le corselet et les élytres d'un bleu
bronzé. Sa larve vit sur le millepertuis. On la
trouve en Hongrie et en Italie, très-rarement
en France ; cependant on l'a rencontrée parfois
en automne dans les bois du Bassigny. » — Tu
as bien entendu ! s'écria-t-il, et ses petits yeux

s'écarquillèrent, le Bassigny... Quand je songe qu'elle rôde peut-être là-bas, dans un de ces bois que nous voyons de ma chambre !... mon cher, je t'assure que j'en rêve. A chaque instant, je crois l'apercevoir avec ses antennes noires et sa robe azurée... C'est une véritable obsession.

Nous nous étions accoudés à la fenêtre. Tristan a toujours été heureux dans le choix de ses gîtes ; la vue qu'on a de sa chambre est charmante. A droite et à gauche, la roche sur laquelle Chaumont est bâti arrondit en demicercle ses flancs boisés. Sur la crête sont rangées en amphithéâtre de vieilles façades que limitent d'un bout le dôme trapu de l'hôpital et de l'autre une massive tour carrée qu'on nomme la tour Hautefeuille. Au pied de la roche, parmi des prés d'un vert tendre, ondoie comme un ruban clair la Suize bordée de saules. En face, le viaduc du chemin de fer relie la ville aux plateaux voisins en jetant sur la vallée son gigantesque pont aux trois rangs d'arches aériennes. De temps en temps un train passe ; un blanc panache de vapeur sort d'un massif de verdure et glisse sans bruit entre la terre et le ciel. Au-delà s'élèvent par gradation les hauteurs qui enveloppent la ville comme d'un cirque immense. On aperçoit des masses·de bois sombres, des plaines illuminées de soleil, puis tout au loin une dernière bande bleuâtre qui se confond presque avec les bords vaporeux du ciel. C'est une fête pour les yeux et pour l'esprit qu'un pareil horizon.

— Te voilà donc livré au démon de l'entomologie? demandai-je à Tristan.

— Oui, Dieu merci! cela vaut mieux que d'être livré au démon de l'ennui. Ce mal prenait parfois des proportions inquiétantes pour ma raison. Ennuis terribles entrecoupés par de courtes extases, telle était ma vie. Jeune encore, bien portant, affranchi de tous soucis matériels, j'éprouvais absolument un dégoût, non des hommes pris à part, mais des hommes réunis en société. Le jeu, la chasse, la compagnie des femmes, la gloriole, foin de tout cela! J'avais perdu quelque chose qui n'est rien et qui est tout: l'assaisonnement de la vie, la façon de bien voir et de s'intéresser aux sensations éprouvées. Tous les petits bonheurs faciles qui constituent en somme la joie de vivre me trouvaient insensible, et mon âme se broyait elle-même, faute d'aliments. Singulière économie de l'esprit! il lui suffit de s'examiner pour tomber dans un vide affreux ; à force de me scruter moi-même et de vouloir entrer de plain-pied dans les secrets de la nature, je perdais les plus simples notions de l'existence. Chaque jour voyait tomber un bourgeon, une feuille, une fleur ; je devenais peu à peu semblable à un chêne décharné, sur les branches duquel aucun oiseau ne vient plus chanter, et que le rude vent du doute peut à peine agiter encore... Un beau soir, je me suis dit : « Il est impossible que tu continues à vivre de la sorte ; il te faut donc ou mourir ou changer d'esprit. » Or, mourir avant son heure étant toujours une sottise, j'ai préféré changer de méthode. Au lieu de chercher à dévorer d'un seul coup le grand livre de la nature, je me suis résigné à en déchiffrer mot par mot une toute petite page, et j'ai choisi la page des coléoptères. Depuis ce moment-là, ma vie s'est transformée, chaque heure m'apporte une émotion nouvelle, chaque brin d'herbe est l'occasion d'une trouvaille précieuse... Tiens, l'autre jour, j'ai éprouvé un vrai ravissement en découvrant le *clavigère*[1], un insecte aveugle qui passe sa

[1] *Claviger testaceus,* famille des *Pselaphidæ.*

8

vie au fond d'une fourmilière, et dont les four-
mis abusent en composant je ne sais quel
philtre avec la liqueur qu'il sécrète... Demain,
si tu veux, au lieu de partir pour l'Argonne,
nous nous promènerons à travers le Bassigny, à
la recherche de la *chrysomèle du millepertuis,* et
je te ferai voir de jolies choses...

—Le Bassigny ! m'écriai-je, mais c'est un bon
tiers de la Haute-Marne, c'est Andelot, Langres,
Châteauvillain, Vignory... Un bien vaste champ
pour y découvrir un coléoptère gros comme un
pois !

— Fie-toi à moi. Tu sais, il y a pour le poète
des jours de verve où il se sent capable de mener à bien tout un poème ; il y a aussi de ces
heures d'or où le naturaliste pressent qu'il va
faire une trouvaille : je suis dans un de ces
moments-là.

— Va pour le Bassigny... Si nous commencions
par en visiter la capitale ?

Nous sortîmes. Les villes d'un département
sont un peu comme les plantes d'une même
famille ; elles ont dans leur physionomie certains
traits qui révèlent la parenté commune. La
Haute-Marne a la spécialité des villes haut per-

chées, silencieuses, austères et rébarbatives : —
Chaumont, Langres, Bourmont. Dans ces trois
localités, mêmes rues froides sans cesse balayées
par un rude vent de bise, même population taciturne, même mine renfrognée et inhospitalière
en apparence. Seulement Langres tient plus
particulièrement du séminaire et de la caserne,
Bourmont donne surtout l'impression d'un
couvent et d'une geôle ; à Chaumont, le caractère domestique et intime domine. C'est une
ville de bourgeois, mais de bourgeois casaniers,
peu communicatifs, aimant à cacher leur vie,
comme le sage, et à fuir l'œil indiscret des promeneurs. Presque toutes les maisons sont précédées
d'une cour humide et sombre, protégée elle-
même contre la curiosité par un haut mur et une
grande porte hermétiquement close. Peu de fenêtres sur la rue ; en revanche, de nombreuses et
larges ouvertures sur les jardins et la campagne. On sent que les habitants ne flânent guère
sur leur seuil et mettent en pratique la devise
anglaise : *my house is my castle*. Chaque demeure
est en effet une forteresse bien murée et où l'on
ne pénètre qu'à bon escient. Peu ou point de
sonnettes, mais à l'un des solides panneaux de

la porte un antique *heurtoir* de fer, dont le bruit quand on le rabat, retentit mélancoliquement à travers les cours sonores. Çà et là, quand une de ces portes s'entre-bâille, on aperçoit un jardinet avec un vieux puits dans un coin, et au fond l'entrée étroite d'un corridor qui s'ouvre dans l'ombre d'une tourelle pointue. Du reste, en dépit de ses airs maussades, la ville a une physionomie *amusante*, comme disent les artistes. Ces rues, où l'herbe pousse, sont pleines de hauts et de bas, de ressauts inattendus et de méandres fantasques ; il y a des passages mystérieux qui ne mènent nulle part, de brusques ouvertures dans l'embrasure desquelles on aperçoit tout à coup la campagne, une place irrégulière avec un îlot de vieilles masures au beau milieu, et enfin une double rangée d'arbres centenaires qui enveloppe presque entièrement la discrète cité d'un large manteau de verdure, où le vent se lamente sans cesse.

Après de longues flâneries à travers ces rues singulières, Tristan m'a conduit à l'église Saint-Jean. L'église ressemble à la ville. Mêmes dehors sombres, même incohérence capricieuse dans l'architecture du monument, mais aussi même

caractère intime, même charme voilé qui vous
prend le cœur peu à peu. — Les âmes dévotes,
dis-je à Tristan, n'ont peut-être pas ici les élans
religieux que leur donneraient les nefs de nos
grandes cathédrales, mais je parierais que les
vieilles filles et les antiques servantes du voisinage doivent aimer à y venir prier.

— Je le crois bien, répondit-il ; parfois, à la
brune, je prends plaisir à m'installer ici, à l'ombre d'un pilier, et à voir les bonnes femmes
arriver une à une. Enveloppées dans leur mante
à capuchon, elles poussent avec précaution la
petite porte à cintre surbaissé et vont s'age-
nouiller dans l'ombre d'une chapelle. Presque
toutes s'en retournent avec une figure plus gaie.
Cela se conçoit ; ici point de hautes murailles
austères où la pensée se perd à mesure qu'elle
s'élève, mais une profusion de sculptures, de
bas-reliefs et de vieux tableaux, qui sont autant
de stations pour le cœur. La plupart de ces
pieuses femmes sont venues tout enfants dans
cette église, et tu sais quelle importance l'enfant attache aux moindres détails d'architecture
ou de peinture. Il n'est pas un saint de pierre,
pas un vitrail, pas un tableau qui n'ait joué son

8.

rôle dans les juvéniles émotions de toutes ces prieuses. Leurs yeux vont du *Christ au tombeau*, qui est sculpté là-bas dans une chapelle voûtée, à cette chaire, qui est un bijou de menuiserie et qui a été exécutée par le père de Bouchardon. Chacune de ces figures, associée à leurs douleurs ou à leurs joies, garde un intérêt qui ne s'affaiblit jamais. Pour ces âmes féminines, dont toute la vie s'est passée dans la même rue silencieuse, il y a certainement une consolation et un véritable charme à prier devant ces images familières et à s'arrêter dans une douce contemplation rétrospective entre deux oraisons...

De fait, l'église Saint-Jean est un vrai musée, et pour un artiste elle a des recoins délicieux. Je me suis arrêté longuement devant un tableau de l'école espagnole qui représente Salomé apportant à Hérode Antipater la tête de saint Jean. La fille d'Hérodiade et les femmes qui l'entourent sont vêtues à la mode du XVIe siècle. Leurs têtes penchées sont charmantes. Sur la table est posé, dans un vulgaire chandelier de fer, un lumignon qui éclaire la scène ; un petit chien s'élance d'un tabouret et aboie à la vue de la pâle figure ensanglantée du saint. Il y a

dans cette toile un mélange de réalité crue et
d'élégance raffinée qui résume d'une façon saisissante cette dramatique et attirante vie du
XVIe siècle... La nuit tombait, Tristan m'a tiré
par le bras. — Allons dîner !

Quand, après le dîner, nous sommes rentrés
par le *boulingrin*, les étoiles s'étaient toutes
allumées. Au milieu de la voie lactée, la cons-
tellation de Cassiopée étincelait. Pour flatter
Tristan, qui a le goût des métaphores, je m'avisai de la comparer à une poignée de pierreries
tombant d'un écrin entr'ouvert. — Sais-tu, sou-
pira mon ami, à quoi je pense, moi, à la vue de
ces petites étoiles ?... A un fourmillement de
chrysomèles idéales, parmi lesquelles se trouve
ma belle inconnue du millepertuis !... — Patience ! demain nous irons à la conquête de la
chrysomèle **bleue.**

19 septembre.

Dès le matin, nous roulions en wagon sur la
ligne de Neufchâteau. D'abord pays rocheux et
aride, coteaux nus, friches pierreuses ; puis
peu à peu la nature devient moins revêche,

d'étroites vallées aux flancs revêtus de vignes coupent la voie transversalement, les collines s'élèvent et s'accidentent, les forêts recommencent à verdoyer. — Vois-tu, me dit Tristan, sur ce plateau, un grand arbre qui s'élance au-dessus des autres comme un nuage de verdure ? c'est un tilleul qu'on nomme *l'arbre de saint Claude;* en face est le Mont-Éclair, où fut signé le traité d'Andelot, et voici Andelot lui-même avec ses maisons suspendues comme des balcons au-dessus de la voie. A partir d'ici, nous entrons dans le pays du fer et des forges ; encore quelques minutes et les cheminées hautes comme des phares dresseront de tous côtés leurs obélisques empanachés de fumée : forges à Rimaucourt, là-bas, sur la Sueur, — une rivière bien nommée, car elle peine rudement à soulever tous ces gros marteaux, — haut-fourneau à Montot, forges et tréfilerie à Manois... Quand on voyage de nuit dans ce pays-ci, à voir toutes ces fournaises rouges et béantes, à entendre ces formidables bruits de ferraille, on se croirait mené à toute vapeur au fond d'une vallée infernale. Aussi bien nous y allons, car je te conduis à Orquevaux, le Val d'enfer (*Orci Vallis*)...

Nous quittons le chemin de fer à Manois. En dépit de son renom diabolique, Orquevaux, où nous nous rendons à pied, est un village à la mine honnête et pacifique. Le ciel est bleu, les vergers sont pleins d'arbres, la Manoise rit au soleil, et les cloches du dimanche sonnent à toute volée. Celles de Manois et d'Humberville font chorus, et nous voilà cheminant le cœur en joie. — J'aime cette musique des cloches, s'écrie Tristan; quand j'entends leur carillon, il me semble que le génie du dimanche s'assied en habits de fête à son orgue aérien, et se met à jouer le grand morceau de la semaine...

Le chemin côtoie le ruisseau; de temps à autre, la gorge s'évase, la Manoise en profite pour se mettre à l'aise et devenir un étang. De longues files de vaches, sonnettes au cou, défilent sous l'ombre bleue des lisières, piétinant dans les berges humides et faisant songer aux paysages de Ruisdael. Je cueille des noisettes, et Tristan ne laisse point passer un pied de millepertuis sans le fouiller de la racine aux fleurs. Hélas! la chrysomèle désirée s'obstine à ne pas se montrer... Cependant les collines se haussent et se décharnent, la gorge se rétrécit, la Manoise se perd sous les ronces, et tout à coup nous voilà au fond d'une impasse. La vallée est terminée brusquement par une sorte de ravine en entonnoir, un cirque aux pentes abruptes, nues et d'une blancheur aveuglante. La crête se découpe à arêtes vives sur le bleu du ciel, sans un buisson, sans un brin d'herbe, et au fond de l'entonnoir, entre deux sveltes massifs de sycomores, la source de la Manoise jaillit comme par enchantement d'un amas de pierres moussues. — Le site, dis-je à Tristan, ne manque pas d'une certaine sauvagerie originale, mais cet entonnoir est horriblement ensoleillé et inhospitalier... Comment l'appelles-tu ?

— Oh ! il a un nom qui ferait rougir une Anglaise, très-expressif au demeurant, bien que vulgaire et rabelaisien en diable... On l'appelle le *Cul-du-Cerf*.

Nous avons rebroussé chemin en silence. Tristan paraissait déconfit et humilié du peu de succès de son paysage ; de plus nous avions le soleil en face, et l'eau des étangs nous en renvoyait le reflet dans les yeux. Cette façon d'aller n'était pas engageante, et la conversation s'en

ressentait. Pour accourcir la route, Tristan, qui
sait son La Fontaine par cœur, se met à me
réciter des fables. Il venait de terminer *le Sa-
tyre et le Passant*, quand, s'arrêtant pour
reprendre haleine : — As-tu remarqué, me demande-t-il, combien la moralité des fables de
La Fontaine est souvent tirée aux cheveux, et
comme elle est parfois contradictoire ?

— C'est que La Fontaine a une façon toute
neuve de considérer la fable ; il prend la moralité pour prétexte et l'art pour but.

— Oui, repart Tristan, La Fontaine est surtout
un artiste ; c'est le plus original et le plus étonnant des poètes du xvii⁰ siècle. Chacune de ses
fables fait rêver, et cependant tout y est net et
sobre. Dans cette cour à perruques et à grands
canons, dont le maître appelait les peintres
hollandais « des magots », La Fontaine est le
seul qui n'ait jamais hésité à se servir du mot
propre, et qui ait peint avec amour les paysans,
les arbres et les bêtes. Voilà de quoi rabattre le
caquet aux critiques qui veulent expliquer les
poètes par l'influence des milieux.

— Encore faudrait-il savoir dans quel milieu
vivait La Fontaine. Je ne suppose pas qu'il fré-

quentât beaucoup la cour, dont il disait pis que
pendre. Il préférait entretenir commerce avec
les petites gens, sous la tonnelle d'un cabaret,
ou avec les bestioles des champs et des bois.
Songe qu'il aimait la nature et que dans sa jeunesse il avait été forestier.

— Oh ! si peu ! réplique Tristan en secouant la
tête, Furetière prétend qu'il ignorait la plupart
des termes du métier ; en somme, c'était un
naturaliste médiocre.

— Je t'accorde qu'il n'a pas découvert la chrysomèle du millepertuis, mais quoi ! de son temps
les sciences naturelles étaient dans les limbes,
et la nomenclature...

Tristan m'interrompt d'un air piqué et s'é-
crie : — Il a dit des hérésies à propos de l'escar-
bot, il a appelé le roseau un arbuste, et il a fait
percher le corbeau sur un arbre, un fromage
au bec !

— Soit, pourtant là encore il y aurait à dis-
tinguer. Pour certaines fables, il a ingénument
accepté la mise en scène réglée par ses prédé-
cesseurs ; mais quelle vérité dans les morceaux
où il a observé directement la nature ! Comme
il a peint avec le ton juste le chat, le coq, Jean-

not Lapin, la chèvre « à traînante mamelle »,
l'hirondelle

> Caracolant, frisant l'air et les eaux !...

Ce n'était pas, après tout, un naturaliste à courte
vue, celui qui osait soutenir, à l'encontre de
Descartes, l'intelligence des bêtes et la sensibilité
des plantes. Il avait un esprit large et un cœur
d'or.

— Oh ! un cœur d'or !.. Il détestait les enfants,
et il était mauvais mari.

— Mon cher, si, comme on le prétend,
Mᵐᵉ La Fontaine ressemblait à la femme du *Mal
marié* et à dame Honesta, de *Belphégor*, le bonhomme était excusable de vivre loin d'elle. Il
n'en avait pas moins le cœur bon et courageux.
Il aimait les bêtes, et j'ai remarqué que tout
homme qui aime les animaux n'a jamais un
mauvais cœur. Au demeurant, c'était un maître
poète, et je ne lui marchande pas mon admira-
tion. Je l'aime pour sa grâce, son naturel, sa
gaîté, pour ses grandes qualités toutes françaises,
et puis je l'aime encore parce que tous ceux que
je hais n'ont jamais pu le goûter, parce que les

pédants allemands, les mystiques, les abstrac-
teurs de quintessence, et ceux que Musset appelait les *rêveurs à nacelles,* ne l'ont jamais compris... Si j'avais ici une pleine coupe du joli vin
de son pays, de ce champagne rose dont la
mousse naturelle monte aux bords du verre en
perles vermeilles, je la viderais joyeusement en
l'honneur du grand poète champenois !

— Et moi donc ! s'écrie Tristan, je meurs de
soif...

Cette discussion nous a menés jusqu'à Orquevaux, et nous sommes entrés avec le crépuscule
dans le village, dont les maisons éclairées laissaient voir par les vitres sans rideaux tout le
remue-ménage intime du dedans. Quels délicieux petits tableaux on entrevoit ainsi à la nuit
tombante ! Là sont des intérieurs dont les images se succèdent rapidement comme les percep-
tions dans un rêve. Une tête de jeune fille se
dessine nettement, puis s'enfonce insensiblement dans un demi-jour impossible à pénétrer.
C'est l'heure du souper : autour de la table, des
silhouettes s'agitent, les cuillers montent et descendent régulièrement, et les verres portés à la
bouche se relèvent jusqu'à la hauteur du front.

Cela vous rappelle ce tableau de Lenain, qui est au musée Lacaze. — La flamme de l'âtre brille comme un soleil, scintille sur le bord des plats et fait miroiter les ventaux du bahut. Il y a des lumières posées tout contre les vitres ; d'autres fois, la première chambre reste dans l'ombre, mais dans un enfoncement on voit une seconde pièce vivement éclairée, dont la porte ouverte laisse passer un faisceau de lumière et un bourdonnement de voix confuses. Au fond des étables, on entend la respiration bruyante des bêtes. On voudrait s'arrêter et finir la soirée dans un de ces milieux calmes et invitants, mais la chrysomèle !... Tristan, qui ne s'est point découragé, veut l'aller chercher demain dans les bois de Châteauvillain... En marche, et vivement ! sinon nous allons manquer le convoi.

A Manois, la station est pleine de monde. Les *réservistes* du pays, qui ont eu un jour de congé, s'apprêtent à rejoindre leur régiment à Langres. Toutes les filles et les femmes du village sont là rassemblées ; les adieux s'échangent, les embrassades se succèdent. Les braves garçons, encore gênés dans leur uniforme, ont l'oreille basse et ne mènent pas grand bruit. L'un d'eux, petit, maigre, à la mine mélancolique, se tenait près de sa femme, qui portait un enfant dans ses bras; il dévorait le marmot de caresses. La femme renfonçait ses larmes, lui n'avait pas le cœur trop solide non plus, mais faisait bonne contenance pour empêcher l'autre d'éclater. — Voici le train, encore une embrassade, et tous s'élancent dans les compartiments des troisièmes, où ils retrouvent des camarades venus de plus loin. Une minute encore, puis la vapeur gronde, et le convoi part. A la station suivante, ils chantent déjà tous et envoient de comiques interpellations aux curieux entassés le long des barrières. La gaîté gauloise a repris le dessus, et ils regagnent gaillardement la caserne où les attendent les corvées, les marches forcées et la rude discipline militaire... Merveilleuse élasticité du caractère français!... Après la guerre, pendant les jours sombres de la Commune, je me promenais tristement dans une des grandes plaines nues du Barrois. Au-dessus de moi, et non loin de deux paysans qui sarclaient, une alouette montait en gazouillant. L'un des deux sarcleurs releva la tête et s'écria avec un accent qui me toucha : — Pauvre petite alouette,

comme elle chante! — Il y avait dans cette exclamation comme un étonnement d'entendre
encore un doux chant d'oiseau après tant de
malheurs, et il y avait aussi une espérance de
jours meilleurs, une affirmation de confiance
dans les ressources de cette race française, gaie,
courageuse et chantante comme l'alouette. Oui,
avec ces natures gauloises, souples, rebondis-
santes, allègres, chez lesquelles la bonne humeur s'épanouit en un clin d'œil comme une
fleur au soleil, il y a encore de grandes choses
à faire, et le dernier mot n'est pas dit.

20 septembre.

Les heures claires du matin nous ont trouvés
cheminant gaîment dans une des grandes avenues herbeuses du parc de Châteauvillain. —
Un bon temps pour marcher; l'air est frais; le
ciel, marbré de jolis nuages blancs, laisse appa-
raître de larges trouées d'un bleu pur. Çà et là
des tranchées latérales s'ouvrent, et par-dessus
les massifs nous apercevons dans un mol enfoncement la gorge où coule l'Aujon, puis au loin,
à l'horizon, les collines bleuâtres de la vallée

9.

de l'Aube. Tristan est en veine d'expansion, et
la vue des bois lui délie la langue. — De même,
dit-il, que certains morceaux de musique nous
assouplissent et nous changent, la vue d'une
tranchée profonde dans une futaie fait de moi
aussitôt un tout autre homme. — En effet, sa
bonne figure rêveuse s'est épanouie, il marche
à grandes enjambées, tirant d'épaisses bouffées
de sa pipe. Plus nous avançons, et plus son enthousiasme augmente. — Solitude! s'écrie-t-il
en devenant lyrique, ô belle sans gêne, ô
maîtresse muette, assise au milieu des grands
bois, tu froisses du pied les feuilles mortes, tu
sondes les profondeurs des vallées et tu regar-
des au loin les brumes de l'automne voilant les
coteaux... O sirène, comme tu m'as vite ensor-
celé!

— A propos d'ensorcellement, lui dis-je,
sais-tu que nous sommes dans un pays où on
croit aux sorciers et où on les brûlait encore il
n'y a pas trois cents ans?

— Hein! qu'est-ce que ce conte-là?

— Ce n'est pas un conte, c'est une dramatique histoire, dont Michelet aurait pu faire un
chapitre de son livre de *la Sorcière*. En 1594, à

Dinteville, un charmant village situé à deux
lieues d'ici, dans cette vallée de l'Aube dont
nous apercevons les collines brumeuses, Jeanne
Simoni, femme d'un sieur Breton, fut traduite
devant le procureur fiscal comme « entachée de
sorcellerie », et, sur ses dénégations, le seigneur de Dinteville ordonna qu'elle subirait
l'*épreuve de l'eau*. Jeanne, « tondue et rasée »,
fut amenée au bord de l'Aube, « en eau de suf-
fisante profondeur » ; là, malgré ses protesta-
tions, en présence du juge, du procureur, du
curé et de la foule ameutée, on la mit nue
comme la main et on la jeta, pieds et poings
liés, dans la rivière. L'épreuve fut renouvelée
par trois fois ; comme la malheureuse était
toujours revenue sur l'eau, d'après la coutume
elle aurait dû être réputée innocente ; mais
l'acharnement était si grand qu'on la ramena
en prison. Le juge alors l'ayant sommée en
vain de déclarer si elle était *marquée* en quelque
endroit, comme les gens de sa secte, la fit visiter
par quatre commères du village. Celles-ci pré-
tendirent avoir trouvé les marques de la griffe
de Satan « au-dessous de l'épaule gauche et à
l'aine », et sans qu'on se préoccupât d'examiner

s'il ne s'agissait pas tout simplement d'égrati-
gnures très-naturelles après la scène violente
de la rivière, on la déclara atteinte et convain-
cue du crime de sortilège et maléfice, et on la
condamna à être pendue et étranglée, « son
corps brûlé et ses cendres jetées au vent ».
Quand on alla lui lire sa condamnation, la malheureuse venait de mourir. La sentence n'en
fut pas moins exécutée sur son cadavre, dont
on jeta les cendres au vent.

— En 1594! s'écrie Tristan ; après Rabelais,
Montaigne, Ronsard et la pléiade!

— Oui, tandis que les belles dames de la
cour du roi vert-galant fredonnaient encore :
« Mignonne, allons voir si la rose,... » tandis
que le poète Jean Passerat chantait:

> Ma belle, si ton âme
> Se sent ore allumer
> De cette douce flamme
> Qui nous force d'aimer...

Du reste, la chose n'est pas si étonnante
qu'elle le paraît; les gens de ce pays étaient
d'enragés *ligueurs,* et c'est seulement en cette
même année 1594 que Chaumont fit sa soumis-

sion à Henri IV. Les guerres de religion avaient
amené une recrudescence de fanatisme, et il
fut de mode de sévir contre les prétendus *sorciers*. Je me souviens d'avoir lu dans une chro-
nique du Barrois cette phrase terrible dans sa
brièveté : — «En la dite année 1582, le 3 février,
on a bruslé à Bar trois sorcières ; en ce temps-là
le froid était excessif. » — *Le froid était excessif,*
voilà toutes les réflexions que ces trois bûchers
ont inspirées au chroniqueur... Cela ne te
donne-t-il pas la chair de poule ?

— Ton histoire, répond Tristan avec un soupir, me gâte toute la beauté du paysage. Mon
imagination travaille là-dessus. Je me représente Jeanne Simoni et son mari dans leur petite maison à toiture de lave. C'était sans doute
des protestants vivant à l'écart, ou quelques-
uns de ces *rebouteux* habiles dans la connaissance des plantes des bois, et pour ce fait re-
doutés et haïs du village. Qui sait ? La femme,
peut-être jeune et jolie, était restée sourde aux
propositions amoureuses du seigneur de Dinteville, qui avait droit de haute et basse justice
dans le pays. Je vois ce hobereau venant la
trouver dans sa geôle, la menaçant de la terri-

ble épreuve de l'eau, et lui murmurant comme
Claude Frollo à la Esmeralda : « Veux-tu?... »
Le procureur était à sa dévotion, la multitude
était sans pitié comme toutes les foules... J'entends les cris de cette malheureuse, nue et
rusée, plongée par trois fois dans l'Aube... C'est
horrible !

Tout en conversant, nous avions gagné les
bois d'Arc. — Nous sommes arrivés à des cultures enclavées dans la forêt. La solitude était
profonde. Les récoltes de pommes de terre
ayant déjà été enlevées, tout cet espace semblait abandonné ; au loin seulement, vers la lisière, une charrette traînée par des bœufs tra-
versait lentement la plaine. A l'ombre d'un
pommier sauvage, un *gachenet* de onze ans gar-
dait deux ou trois vaches immobiles. — Tristan
le questionne sur la route à suivre. Le *gachenet,*
un blondin à l'œil éveillé et au nez indépendant, semble tout fier d'être consulté par deux
messieurs déjà mûrs et convenablement couverts. Aussi, jugeant à propos de nous donner
une haute idée de son énergie et de son importance, il fait claquer son fouet, injurie ses vaches qui n'en peuvent mais, et daigne ensuite

nous conter leur histoire. — Cette vache, la première au rez du champ, a perdu une corne hier; elle voulait toujours grimper sur la *rousse;* à la fin elles se sont battues, et la corne y est restée.

— Vas-tu à l'école? lui demande Tristan,

— Oui, Monsieur, en hiver.

— Où en es-tu de ton catéchisme?

— Au chapitre vingt-cinq.

— Qu'est-ce que c'est que ce chapitre?

— Ma fi! c'est le chapitre vingt-cinq.

— Mais enfin qu'y avait-il avant le chapitre vingt-cinq?

— Il y avait le chapitre vingt-quatre.

Nous n'avons jamais pu le faire sortir de là.

— Alors l'été, poursuit Tristan, tu restes à paresser en gardant tes vaches?

— Oh! que nenni! J'attrape des papillons, des *bêtes à bon Dieu*, des *cancouëles* (hannetons) et toute sorte de bêtes que j'enferme dans une boîte.

— Un confrère! dis-je à Tristan avec un regard ironique.

— Je leur arrache les ailes, continue orgueilleusement le gamin, il n'y a que cela de joli.

— Misérable! s'écrie Tristan, qui oublie ses longues épingles à insectes, tu les fais souffrir... Montre-moi ta boîte.

Celui ci s'exécute, ouvre une boîte de bois blanc, et nous voyons chatoyer au soleil des débris de coléopètres, pêle-mêle avec des lambeaux d'ailes de papillons. Tristan fouille cette poussière d'une main fiévreuse ; tout d'un coup il lâche un juron en soulevant du bout du doigt, à hauteur de sa loupe, un fragment d'élytre où les tons bleus et bronzés se marient agréablement.—C'était elle ! s'écrie-t-il, c'était ma chrysomèle du millepertuis, que ce petit vaurien a mutilée... Où as tu trouvé ça? continue-t-il en mettant l'élytre sous le nez du gamin.

— Ma fi ! dans les herbes, Monsieur.

— Reconnaîtrais-tu la place?

— Oui bien, c'est là-bas dans le bois.

— De quel côté?

— Par-ci par-là, Monsieur,... dans les herbes.

— Tu n'en tireras rien, dis je; c'est l'histoire du chapitre vingt-cinq qui recommence?

Mais Tristan ne m'écoute pas. Laissant là le *gachenet* ébahi, il part comme un trait dans la direction du bois et fouille le taillis. Au bout d'une demi-heure, je le vois revenir suant à grosses gouttes, et rien qu'à son air je devine que ses fouilles ont été infructueuses. Il grogne d'un ton de mauvaise humeur, et pendant un bon bout de temps nous cheminons en silence. — Sais-tu à quoi je pense? me demande-t-il tout d'un coup en tortillant dans ses doigts une tige de millepertuis... Tu connais l'origine du nom donné à cette plante?

— Oui, ce nom lui vient de ce que ses feuilles sont percées de nombreuses petites glandes transparentes... Après?

— Eh bien, j'ai observé que les chrysomèles vivent de préférence sur les plantes avec lesquelles elles ont certaines analogies de forme ou de couleur. Il serait curieux qu'on retrouvât sur les élytres de ma chrysomèle les particularités qui distinguent la feuille du millepertuis. Qu'est-ce que tu dirais de cela?

— Je dirais... que c'est un fameux argument en faveur de la théorie de l'influence des milieux.

— Tu es un âne avec tes milieux, riposte galamment Tristan ; cela prouverait uniquement que, tout être ayant une fin conforme à son organisation, le millepertuis est la *fin* de la chrysomèle *fucata*.

— De même que les nez ont été créés pour porter des lunettes, dis-je en riant.

Sur cette plaisanterie, Tristan s'emporte; c'est sa façon de discuter. De la théorie des milieux, nous passons au darwinisme, puis au panthéisme, et nous voilà poussant des arguments sous les hêtres et faisant retentir les tranchées solitaires des gros mots de *transformisme, sélection*, esprit, matière...

— La matière? s'écrie Tristan, sais-tu seulement ce que c'est que la matière? Nous ne percevons que des phénomènes, et pour un peu je croirais que le monde est plein de fantômes... La musique de l'air dans les pins, l'ombre des nuages que le vent promène sur les coteaux, la feuille d'un buisson qui s'agite seule quand tout le reste est immobile, esprits, esprits!... C'est là le charme mystérieux de la nature; le spectacle de vie n'est beau qu'à travers la brume des illusions...

La discussion nous échauffe, et pour surcroît le soleil est monté au zénith; les ombres deviennent courtes et nos jarrets se raidissent. La fatigue et le soleil aidant, nous retombons dans le silence.

— Dans un dîner, remarque philosophiquement Tristan, les convives ne se dégourdissent et n'ont toute leur verve qu'au dessert ; c'est précisément le contraire dans un voyage à pied : au début, tout le monde est en bonne humeur et la conversation ne tarit pas ; à la fin, les gosiers sont secs, et les paroles ne tombent plus que goutte à goutte.

Heureusement nous touchons à la lisière du bois. Déjà, dans le fond de la vallée, nous apercevons des maisons éparses au bord de l'Aujon, et le clocher du village, encapuchonné d'un petit toit pointu. Un quart d'heure après, nous entrons à Cour-l'Évêque.

21 septembre.

La lumière de midi, tamisée par un ciel tendu de claires nuées, veloutait doucement les flancs de la vallée, quand nous aperçûmes Arc-en-Barrois traversé par l'Aujon et resserré entre deux coteaux boisés. — La petite ville paraît toute ramassée dans ce creux de vallée, avec ses

maisons bourgeoises semées au hasard d'un ali-
gnement fantaisiste. Les toits ardoisés du château du prince de Joinville, tranchant sur de
beaux arbres, donnent à Arc une physionomie
avenante et hospitalière. Le clocher gris, voisin
du château dont les jardins l'entourent, fait
penser à une église anglaise avec la *rectory* con-
fortable, à deux pas.

— Je vais, dit Tristan, te mener chez deux
excellentes dames qui m'ont logé jadis et qui
nous recevront à bras ouverts.

J'eus beau réclamer et insister en faveur de
l'auberge, où nous serions plus libres, Tristan
n'en voulut pas démordre. — Tu verras, répé-
tait-il, ce sont deux cœurs d'or, et quelle bonne
surprise nous allons leur faire !

Nous nous acheminâmes donc vers une maison basse, située non loin du château. Assez
inquiet de cette intrusion peu cérémonieuse, je
restais en arrière, laissant à Tristan toute la res-
ponsabilité de son indiscrète démarche. La
porte à peine ouverte, nous fûmes reçus par
une dame d'une cinquantaine d'années, à la
taille courte et rondelette, au visage coloré. Ses
yeux vifs et intelligents, son nez retroussé, sur-

montant deux grosses lèvres pleines de bonté,
ses cheveux gris relevés à la chinoise sur un
front bombé, me rappelèrent un portait de
Mme de Graffigny, l'auteur des *Lettres péruvien-
nes*. Le corridor était sombre, et elle eut un
moment d'hésitation avant de reconnaître mon
ami ; tout à coup, frappant ses mains l'une contre l'autre : — Bonté divine, monsieur Tristan !
s'écria-t-elle. — Il lui saisit les bras en riant et
lui posa deux gros baisers sur les joues.

— Maman ! continua-t-elle d'une voix joyeuse,
en se penchant vers une porte entre-bâillée,
viens donc voir, c'est M. Tristan !

Un cri répondit au sien, et une petite vieille
octogénaire, aux yeux couleur de noisette,
pleins de finesse et de vie, à la taille un peu
courbée, mais à l'allure encore preste et ac-
corte, accourut en joignant les mains. Nouvelle
embrassade, et Tristan me présenta.

— Croiriez-vous, leur dit-il, que mon ami
voulait descendre à l'auberge ?

— Par exemple ! répliqua la plus jeune, je ne
vous l'aurais jamais pardonné... Entrez vite
dans la salle, vous devez avoir grand'faim, et
vous allez déjeuner.

10.

Je les suivis dans la chambre, où un gai rayon de soleil pénétra en même temps que nous. C'était une antique pièce, servant à la fois de salon et de salle à manger, meublée de vénérables meubles d'autrefois et ornée de portraits de famille accrochés aux boiseries. Des pots de chrysanthèmes et de fuchsias jetaient leur note de jeunesse parmi ces vieilles choses, sans en détruire l'harmonieuse quiétude. A peine étions-nous assis que les exclamations cordiales recommencèrent. — Vous n'avez point changé, disaient à l'envi les deux dames en examinant la figure candide et les grandes jambes guêtrées de Tristan. — Ni vous non plus, je vous jure. — Aimez-vous toujours la crème et les œufs ? demandait la fille. — Si nous leur faisions une galette ? insinuait la vieille dame. — Non, mère, cela prendrait trop de temps, et ils doivent être affamés. — Et elles se pressaient dans la cuisine, rallumant le feu, battant les œufs, dressant la table, tandis que Tristan enfoncé dans son fauteuil, les jambes étendues, me lançait un regard à la fois ému et triomphant, qui voulait dire : — Hein ! t'avais-je trompé ?

Oh ! le bon déjeuner intime, sur cette petite

table recouverte d'une nappe blanche à liteaux rouges, à côté des fuchsias, dont les fleurs tombantes caressaient nos têtes en guise de bienvenue! Les œufs frais, savoureux, la crème épaisse et onctueuse, et le bon café odorant, servi dans des tasses de vieille faïence, par ces deux excellentes femmes qui s'agitaient autour de nous avec de franches paroles partant du cœur! Tristan avait été leur locataire pendant deux ans, et elles lui étaient reconnaissantes de s'être laissé choyer, gâter par elles. — La mère était veuve depuis longtemps. Sa longue vie avait été traversée de rudes épreuves courageusement supportées et discrètement ensevelies. Rien n'en apparaissait à la surface. La vieillesse avec ses couches de neige avait tout recouvert et assourdi. La fille était restée fille. Trop pauvre pour choisir le mari qu'elle eût aimé et trop fière pour épouser le premier venu, elle avait refoulé en elle toutes les effervescences de sa nature aimante et expansive, et elle s'était énergiquement cloîtrée dans une morne et silencieuse solitude. — Ces vieilles filles qu'on ridiculise, on devrait les admirer à genoux, quand on songe aux sourdes souffrances de leur réclusion volontaire. Elles ont été jeunes, tendres, inflammables comme les autres, et elles ont vu leurs amies s'éloigner successivement avec un mari au bras. Quand le mariage de la dernière a été célébré, elles sont tristement revenues seules de l'église à leur maison muette, et il leur a fallu se résigner, en pleine jeunesse, en pleine sève. Le sang vif et précipité a eu beau gronder dans leur cœur comme dans un réservoir trop plein et mûré ; elles l'ont fait taire. Pour arrêter l'élan des fleurs de tendresse qui auraient voulu s'épanouir au dehors, la religion, le devoir, l'honneur étaient là : autant de grilles austères, festonnées de liserons qui ne demandaient qu'à fleurir, et qui ne fleuriront pas. Quelle douloureuse lutte intime ! Et quand chaque printemps revenait, quelle amère raillerie, quelles terribles tentations, quels troubles secrets ! Ainsi les années se sont amassées sur elles, automne sur automne, hiver sur hiver, jusqu'au jour où les cheveux blancs sont venus amenant avec eux un froid apaisement. Beaucoup de ces Niobés de la virginité ne savent pas, il est vrai, se résigner, et tournent à l'aigre dans leur saison mûre ; mais celles qui, dans cette cruelle épreuve, ont

pu garder intacte leur tendresse comprimée,
celles-là sont admirables. Elles atteignent la
vieillesse comme ces arbres, riches de sève sous
leur rude écorce, qui donnent après de longues
années leurs fruits les plus savoureux et les
plus parfumés.

La fille de notre hôtesse était un de ces arbres généreux, et on le sentait bien. L'âge et la
résignation pieuse avaient adouci ce que le tempérament avait eu de trop âpre dans sa verte
saison. La voix était douce dans son énergie, le
geste était à la fois brusque et bienveillant,
l'œil avait une vivacité sympathique qui rassu-
rait et mettait à l'aise. Quand nous eûmes dé-
jeuné : — Là, dit elle à Tristan, maintenant
vous avez *campos* jusqu'au soir. Promenez bien
votre ami dans nos bois, mais ne manquez pas
de rentrer à sept heures ; vous savez qu'il ne
faut pas déranger les habitudes de maman. —
Et la bonne vieille octogénaire protestait déjà,
en s'écriant : — Oh ! pour une fois... mais Tristan lui coupa la parole en prometttant d'être
exact, et nous partîmes.

Le chemin de la forêt d'Arc grimpe en zigzag
sur une hauteur qu'on nomme le *Calvaire* et où

se trouve le chenil du château. Une longue allée de hêtres part du chenil et s'enfonce dans les bois en suivant la crète de la vallée. Ce long promenoir, à demi plongé dans une verte obscurité propice aux rendez vous amoureux, a été, sans doute pour cette raison, surnommé par les habitants *l'Allée des soupirs*. La forêt, bien percée, bien aménagée, n'a de remarquable que son étendue et sa solitude. Le bruit de nos pas y résonnait comme sous la voûte d'un grand couloir. Après une bonne heure de marche, nous sommes descendus vers la lisière qui domine la vallée de l'Aube. Le soleil déclinant dardait ses rayons obliques sur les bois et les prairies; dans le calme du soir, nous distinguions le murmure frais de la cascade d'Étufs; nous apercevions dans une brume d'or Dancevoir, célèbre par la beauté de ses filles,

> Qui veut belles filles voir,
> Faut venir à Dancevoir;

Aubepierre, où sont les ruines de l'abbaye de Longuay et où est né le botaniste Bulliard;

Étufs, abrité sous les grands arbres de son ravin ruisselant de cascatelles aux eaux pétrifian-
tes ; Rouvres, dont les tourelles étaient empourprées de soleil. — Connais-tu la légende du
château de Rouvres ? me demanda Tristan ; chaque fois qu'un nouveau maître s'y installe, ses
fenêtres sont éclairées par une mystérieuse illumination intérieure. L'une des dernières propriétaires m'a juré avoir vu de ses yeux cet
éclairage fantastisque...

Le crépuscule tombait, nous avons repris lentement le chemin d'Arc. La légende de Tristan
me trottait dans la tête, et je songeais à part
moi à ce besoin de merveilleux et d'idéal qui
est la marque distinctive de la race humaine,
quand je fus tiré de ma rêverie par un singulier
chant d'oiseau qui partait du taillis, à cent pas
environ du chemin. — Entends-tu ? dis-je à
Tristan.

— Oui.

Nous restâmes immobiles. En automne, à la
brune, les oiseaux ne chantent plus guère, et
surtout ils ne trouvent plus dans leur gosier
des modulations aussi éclatantes et compliquées
que celles qui nous arrivaient à travers la feuil-

lée. C'était une série de notes retentissantes
comme des appels, puis tout à coup une mélodie vive et passionnée comme celle du rossignol.

— C'est étrange, murmurait Tristan, ce chant
printanier au milieu des bois rougis par l'arrière-saison ! Ce ne peut être une grive, les sons
sont trop énergiques ; quant au rossignol, il y a
belle heurette qu'il ne chante plus.

L'oiseau inconnu se faisait toujours entendre.
Tantôt c'étaient des fusées semblables à l'aubade de l'alouette, tantôt des notes graves,
profondes, tantôt une mélodie amoureuse et
câline...

— C'est peut-être l'Oiseau bleu, insinuai-je.

— Mon cher, reprit Tristan à voix basse,
je t'assure que ma tête commence à se monter ; je me tâte, je me demande si je suis le
jouet d'une hallucination ou d'un enchantement...

La musique printanière continuait, variée à
l'infini et de plus en plus fantastique. — Il faut
en avoir le cœur net ! — Et nous voilà nous glis-
sant dans le fourré comme des Mohicans. Pour
mon compte, je me sentais pris d'un intérêt singulier et mon cœur battait. Nous avancions en

tapinois, les petites branches nous cinglaient
la figure en regimbant, les ronces nous pi-
quaient les mollets, mais nous n'en avions
cure. Au bout de cent pas, le chant cessa brusquement. Pourtant l'étrange oiseau ne s'était
pas envolé... Nous marchions à petits pas, le
cou tendu, les yeux en l'air, tant et si bien qu'à
la fin nous tombâmes sur un grand diable de
charbonnier agenouillé derrière un hêtre et en
train de *frouer*, une feuille de lierre entre les
dents, pour attirer les oiseaux à la pipée. C'était
la *frouée* de cet habile homme que nous avions
prise pour la chanson de l'Oiseau bleu... Le charbonnier, surpris en flagrant délit, était aussi
penaud que nous. Pour le rassurer, je le com-
plimentai sur son talent, et après l'avoir gratifié
d'une pipe de tabac, nous le laissâmes à son
honnête besogne ; mais Tristan n'était pas content, il regrettait son oiseau idéal. Pour nous
consoler, quand nous fûmes dans l'*Allée des soupirs*, un piqueur posté au fond du parc se mit
tout à coup à sonner du cor. Les notes lointaines et retentissantes montaient lentement jusque vers notre allée, où il faisait nuit noire ;
dans les interstices des hêtres, nous voyions les

11

lumières de Montrot et du Val-Bruant glisser
comme des feux follets ; la meute du prince se
mit à répondre bruyamment aux fanfares du
cor, et ce fut aux sons de cette musique de
chasse que nous fîmes notre rentrée chez nos
hôtesses.

Un bon souper nous attendait dans la salle
gaîment éclairée. Un perdreau rôti à point et
bourré de truffes bourguignonnes exhalait un
fumet affriolant, et sur la nappe blanche un
buisson d'écrevisses de l'Aujon jetait sa note
cramoisie. Et puis les deux excellentes femmes
paraissaient si joyeuses de notre joie, si heureuses
d'avoir à choyer deux grands enfants dans leur
logis où les éclats de rire résonnaient si rarement !
Les portraits d'ancêtres en semblaient eux-mêmes
tout réjouis. L'un d'eux surtout me souriait
d'une façon charmante, chaque fois que je sou-
levais mon verre plein de vieux bourgogne.
C'était un joli pastel aux tons un peu effacés, un
portrait de jeune fille de dix-huit ans, vêtue à
la mode des dernières années du règne de
Louis XVI. Son corsage bleu pâle, à demi échan-
cré et orné d'un bouton de rose, laissait voir un
cou blanc dont les lignes délicates étaient

coupées par un ruban de velours noué en guise
de collier ; les lèvres souriaient ingénument, les
yeux naïfs et un peu étonnés souriaient aussi ;
dans les cheveux crêpés, sans poudre, une rose
s'épanouissait. Comme mes regards se repor-
taient curieusement vers cette jeune figure, la
vieille dame me dit : — C'était une sœur de ma
mère ; elle était fiancée à l'un de ses cousins,
lieutenant dans l'armée de la Moselle, qui
mourut d'une mauvaise fièvre à Thionville.

— Il l'aimait bien ! reprit sa fille avec un
soupir, nous avons là-haut une lettre de lui qui
me fait toujours venir les larmes aux yeux
quand je la relis.

— Voulez-vous nous la laisser voir ? demanda
Tristan.

— Certainement, je suis sûre qu'elle vous
intéressera...

Quand, après souper, nous fûmes sur le point
de monter dans notre chambre, elle tira du
secrétaire un petit portefeuille de satin mauve
fané qu'elle remit à Tristan et que celui-ci
s'empressa de visiter dès que nous fûmes seuls.

— J'aime, dit-il en étalant les papiers jaunis
sur la table, à remuer ces vieilles cendres d'au-

trefois. C'est comme si je respirais un parfum du temps passé.

— Oui, repris-je, avec un fragment de lettre, un détail familier de costume ou d'ameublement, nous pénétrons dans les intérieurs du temps jadis et nous reconstruisons l'existence de ceux qui les ont habités. C'est ce qui donne un charme si attachant aux tableaux de Chardin : un enfant qui va à l'école, une ménagère qui fait dire le *benedicite* à sa petite fille, moins que cela, un ou deux ustensiles groupés sur un bout de toile, la fontaine de cuivre rouge, les assiettes de faïence, la *giroinde* avec son écheveau de fil, nous introduisent discrètement dans la vie bourgeoise du XVIIIe siècle et nous la font aimer.

Nous dépliâmes la lettre ; elle était ainsi conçue :

Thionville, 8 décembre 1792.

« Si depuis trois mois d'absence, ma chère cousine, je ne vous ai point donné de mes nouvelles, ne m'accusez point d'oubli. Ne vous en prenez qu'aux changements de garnison que

nous n'avons cessé de faire jusqu'à ce jour. Si
j'ai écrit à mes parents, ce n'est qu'en passant
chemin et à la volée. Vous êtes bonne, chère
cousine, et vous m'accorderez le pardon que
je crois mériter. Mon cœur est toujours avec
vous ; il me souvient toujours de notre dernière
causerie sous la tonnelle des framboisiers, où
vous m'avez juré que jamais autre homme que
moi ne vous appellerait sa femme. Et moi,
croyez-le bien, la mort me prendra avant que
je vous oublie. Soyez persuadée de ma sagesse
et de la fidélité que je vous garde en dépit des
tentations de la vie que je mène, car ici les filles
sont éhontées et courent après les hommes plus
que chez nous ; mais il est bien facile de leur
résister quand on est aimé d'une personne aussi
séduisante que vous, chère cousine... Je vous
envoie un manchon qui vous parviendra à
l'adresse de M. le curé. Recevez-le avec autant
de plaisir que je vous l'envoie, et je serai heureux. J'espère que vous ne le serrerez pas dans
votre armoire, mais que vous le porterez aux
fêtes en souvenir de moi. Je ne vous prie pas
de m'être fidèle, je vous sais le cœur trop noble
et trop ferme pour trahir jamais vos serments,

11.

et c'est sur quoi je me repose. Adieu, ma mie et mon trésor, je vous embrasse un million de fois. Votre très-humble et fidèle ami,

« ANTOINE DROUIN. »

Avec cette honnête lettre d'amour, il y avait un mémoire « des linges et hardes appartenant à Antoine Drouin, lieutenant au 2ᵉ bataillon de la Haute-Marne ». La liste n'était pas longue et l'équipage était fort modeste ; on y voyait :

« Un chapeau estimé 27 francs.

« Plus un habit d'uniforme avec deux vestes de drap blanc, et une culotte du même drap, estimé le tout 125 francs. »

Et ainsi de suite jusqu'au total, qui montait à 424 fr. 10 cent.

Enfin le dernier papier de la liasse était un imprimé où on lisait :

« Extrait du registre mortuaire de l'hôpital de Thionville. Nᵒ 2 du bataillon des gardes nationaux de la Haute-Marne. Le nommé Antoine Drouin, lieutenant, natif de Varennes, district de Bourbonne, entré audit hôpital le 5 du mois

de février 1793, y est mort le 13 du même mois.
— Vu par nous, commissaire des guerres.

« *Signé :* Paris. »

Le tout écrit sur du vieux papier verdâtre,
solide et grenu, qui avait duré plus longtemps
que le lieutenant Antoine Drouin. — N'était-ce
point touchant, dans sa brève simplicité, ce
petit roman d'amour brusquement clos à l'hôpital ?...

— Ah! s'est écrié Tristan, je sais bien que
l'on meurt; mais jamais moraliste ne m'a fait
toucher la mort du doigt comme cette lettre où
la main de Drouin s'est promenée lentement
pendant que son cœur ému dictait... Et la
cousine aimée, morte aussi, et le curé compa-
tissant, chargé de remettre le manchon, —
mort!

— La cousine, dis-je à mon tour, a-t-elle
au moins porté le manchon? y a-t-elle enfoncé
douillettement ses petites mains, en bravant
les langues indiscrètes du village, où un manchon à cette époque devait être un objet de
luxe? A-t-elle serré bien fort contre sa jeune
poitrine palpitante le cadeau du bien-aimé?

— Certainement elle l'a porté, et que de larmes ont dû tomber sur la fourrure à la pensée que tout était fini, que le ménétrier de Varennes ne les conduirait pas à l'église, et qu'après le repas du soir ils ne s'esquiveraient pas seuls pour gagner en secret la tonnelle des framboisiers !

— Es-tu sûr qu'elle ait longtemps pleuré?... Elle a dû relire souvent cette pauvre lettre, et pourtant je n'y vois pas traces de larmes... Lieutenant Antoine Drouin, auriez-vous été oublié?... Je serais curieux de savoir ce qu'il vous semble maintenant des vanités de l'amour !...

— Tais-toi ! interrompt Tristan en me mettant la main sur le bras, ne plaisantons pas, je me sens tout nerveux, et j'ai une peur enfantine de le voir paraître là, devant nous, avec son uniforme de drap blanc estimé 125 francs... Allons nous coucher !

22 septembre.

— Ne nous oubliez pas, et surtout revenez bientôt nous voir ! nous ont répété nos bonnes hôtesses en se séparant de nous après une cordiale embrassade. — Pauvres femmes, notre court passage à travers leur solitude a jeté un éclair de jeunesse et de gaîté dans leur maison silencieuse et endormie. Nous partis, leur vie va reprendre son cours monotone et résigné de travaux à l'aiguille, de lectures pieuses et de stations à l'église. Elles songeaient à cela tout bas, le cœur un peu gros, en nous serrant les mains, et la vieille mère ajoutait peut-être intérieurement : « Qui sait si je les reverrai ?... »

Après avoir perdu de vue leur blanche maison, nous avons pris un chemin creux qui longe sous bois le hameau de Montrot et les prés où coule l'Aujon. Ce sentier est délicieux. Noisetiers, érables et cornouillers l'abritent de leurs branches feuillues ; à chaque instant, des sources descendues de la forêt le traversent avec un glouglou sonore. De tous côtés, les yeux sont réjouis par une verdure qui paraît presque aussi jeune qu'en mai. Le terrain s'accidente, et dans les prés les parnassies, épanouissant leurs étoiles blanches, nous annoncent que nous avons quitté le Bassigny pour entrer dans la *montagne*. Tristan tout bas en soupire, car avec le Bassigny adieu l'espoir de dénicher sa chrysomèle! Pour l'encourager, je lui conte les merveilles des bois d'Auberive, dont la faune et la flore sont si riches. — Demain, lui dis-je, nous traverserons six lieues de forêt, nous visiterons les solitudes de Crilley et le *Feu de La Motte,* où il y a un tumulus celtique. Là croissent des plantes rares qu'on ne trouve nulle part ailleurs; là j'ai vu l'orchis *Sabot de Vénus...* Qui sait si tu n'y découvriras pas la chrysomèle du millepertuis en dépit des indications de tes recueils entomologiques? La fortune nous ménage de ces surprises;

> Ne cherchez point cette déesse,
> Elle vous cherchera ; son sexe en use ainsi.

Cette citation de son auteur favori rend à notre entomologiste sa bonne humeur; justement il vient de mettre la main sur un *bupreste* rarissime et sur une *coccinelle* introuvable; cela le console, et nous cheminons d'un pas plus allègre. Après deux heures de marche, nous descendons vers Rochetaillée. Jamais village n'a mieux mérité son nom. Bâti sur les deux versants d'une gorge étroite et pierreuse, il est coupé par l'Aujon, qui se fraie péniblement un chemin entre les roches et les broussailles. De chaque côté de la rivière, les maisons étagées sur des terrasses se regardent sans pouvoir se rejoindre. Un long pré vert les sépare, et sur la gauche un antique manoir, qui fait songer aux romans de Walter Scott, élève au-dessus de la prairie les débris de ses tours transformées en pigeonniers. Un cimetière en pente avoisine le manoir, et Tristan n'a pas manqué de m'y conduire. Il a un goût prononcé pour ces visites funèbres. — Vois-tu, me dit-il, tandis que nous examinons les tombes à demi cachées sous des touffes d'armoise, chaque fois que je traverse un village, je visite le cimetière; on ne connaît bien le caractère des vivants que lorsqu'on a vu comment ils se comportent avec leurs morts. De même qu'il n'y a pas deux feuilles d'un arbre qui se ressemblent, il n'existe pas un cimetière de village qui n'ait son caractère et son originalité. Et puis c'est un endroit propice aux méditations. J'y songe plus à mon aise au singulier ménage que font ici-bas l'esprit et le corps; là, mon âme se sent plus maîtresse, et elle force mieux la *bête* à l'écouter. Elle lui dit : « Camarade, nous avons déjà bien visité des hôtelleries en ce monde : auberges avec ou sans enseignes, tapageuses ou pacifiques, bâties sur les places ou dans les carrefours, entendant l'horloge d'une église ou le clairon d'une caserne… ; mais il est une auberge qui ne ressemble en rien à aucune de celles que nous avons vues, et tes jambes nous y mènent, ô vieux compagnon !… C'est le cimetière. Là, on nous apprendra le secret de nos courses vagabondes ; là, nous saurons pour qui nous voyageons, et ce que vaut au fond la marchandise que nous promenons dans notre sac… » Ce petit discours rend ma bête plus humble et moins rétive, d'où je conclus que de pareilles visites sont toujours salutaires…

Les gamins du village commencent à s'attrouper d'un air ébaubi autour de ces deux étrangers, dont l'un, brandissant un filet vert à papillons, pérore sur une tombe. Je le fais remarquer à Tristan, et nous décampons. Un quart d'heure après, nous nous enfoncions dans les hautes forêts qui séparent la vallée de l'Aujon de celle de l'Aube.

Quel peintre ou quel poète pourra jamais

rendre à souhait la beauté des sentiers perdus dans les bois ? Voûtes mobiles, cent nuances de vert, coulées mystérieuses, majestueuses colonnades de hêtres, troncs de chênes mi-cachés sous le lierre qui miroite... J'y reviens sans cesse, et je ne puis jamais traduire à mon gré le ravissement que me donne la forêt. Et les gouttes de lumière filtrant de branche en branche, et les oiseaux qui se chamaillent, les campagnols trottant menu qui disparaissent soudain sous les feuilles sèches, et la pénétrante odeur des bois, et les jeux d'orgue du vent?... Que de mots pour exprimer toutes ces impressions reçues en moins d'une seconde !

Pendant que je chemine, tout amusé de mes préoccupations d'artiste, Tristan, qui, en dépit de son sermon du cimetière, a plus soin de sa *bête* qu'il ne veut bien le dire, fait une ample récolte de cornouilles et de *biossons* (poires sauvages), dont il savoure la chair âpre et aigrelette. Nous atteignons la lisière des bois de l'Herbue, d'où on aperçoit un paysage tranquille, vert, silencieux, et d'une mélancolie à la fois âpre et savoureuse comme les fruits des sauvageons. — Cette solitude me plaît, mur-

mure Tristan, que son goûter sylvestre a tout à
fait raccommodé avec la *montagne*. J'aime ce
paysage à la fois jeune et antique comme une
belle enfant qui se réveillerait tout à coup d'un
sommeil séculaire et raconterait ce qu'elle a vu
à la cour de Charlemagne.

— La population, lui dis-je, est en harmonie
avec le paysage. Les habitants sont restés jeunes
et simples de cœur, tout en gardant leurs vieilles
coutumes. Les femmes portent encore, comme
il y a cent ans, la coiffure locale : le petit bonnet d'étoffe violette bordé d'une ruche de tulle
noir. Les hommes sont placides, bienveillants,
un peu farouches et d'une honnêteté à toute
épreuve. Leurs façons réservées contrastent
avec celles de leurs voisins de la *montagne bour-
guignonne,* si bruyants, si expansifs et si amoureux de bien vivre. Là-bas, dans chaque village,
filles et garçons dansent tous les dimanches ; ici,
c'est à peine si on danse le jour de la fête patro-
nale. Les paysans de la *montagne langroise* sont sobres, attachés au sol, ils ont le parler lent et le
regard triste ; mais au fond de cette mélancolie il
y a une flamme cachée : ils sont capables d'exal-
tation et de dévouements passionnés.

— Te souviens-tu, reprend Tristan, d'une de leurs coutumes de la semaine sainte, quand les enfants vont de porte en porte quêter des œufs le jour du vendredi saint? Ils chantent une complainte amusante comme un mystère du moyen âge et qui se termine par ce couplet naïf :

> Seigneurs et dames, qui écoutez ceci,
> Donnez des œufs à ces petits enfants,
> Et vous irez tout droit en paradis,
> Droit comme un ange auprès de Jésus-Christ.

Mais il faut entendre l'air à la fois attendri et joyeux, et surtout il faut voir la troupe des chanteurs...

— Une autre coutume charmante et dont le cérémonial discret peint bien la délicatesse de sentiment de cette population, c'est la façon dont se font les demandes en mariage. L'amoureux va, le dimanche, en habits de gala, demander la jeune fille à ses parents. Les deux jeunes gens s'approchent de la cheminée et, quelle que soit la saison, la jeune fille y allume du feu. On apprête le repas et on se met à table. Si après le dîner la jeune fille va vers l'âtre, rapproche

les tisons et cherche à les ranimer, c'est qu'elle
autorise le prétendu à continuer sa cour; si elle
laisse le feu s'éteindre ou si elle écarte les tisons, c'est que le jeune homme lui déplaît; il
n'a plus qu'à se retirer.

— Bravo! s'écrie Tristan, parlez-moi des
paysans pour trouver de jolis symboles!... Mais,
sapristi, quand le prétendu voit les tisons se
raccourcir, il doit passer un vilain quart
d'heure!

Nous traversons Vitry-en-Montagne, enfoncé
dans son vallon boisé comme une cognée au
cœur d'un chêne; nous grimpons le coteau et
nous apercevons de nouveau la vallée de l'Aube
à nos pieds. Là-bas, Aulnoy étale ses fermes au
revers de la colline; devant nous, Bay s'étage
en amphithéâtre avec la rivière à ses pieds, et
sur sa tête, comme un diadème, sa petite église
romane ; dans le fond, Auberive repose à l'abri
de sa triple enceinte de forêts. L'Aube s'empour-
pre aux lueurs du couchant, des tintements de
clochettes résonnent sur la route, où passent de
lents troupeaux de vaches ; on fauche le regain,
et l'odeur du foin nous arrive par bouffées.
Tristan et moi, nous faisons halte pour contem-

pler ce petit pays, où nous nous sommes connus et où nous avons passé nos années de jeunesse.

— Le parfum de ces foins, dis-je à mon ami, me prend le cœur comme la musique d'un vieux chant de nourrice, entendu tout à coup après de longues années ; il me semble que, moi aussi, je retrouve dans tous les coins de ce vallon des regains odorants de ma jeunesse lointaine.

— Mon cher, répond Tristan, les bonheurs d'autrefois ressemblent à l'herbe des prés ; ils n'ont tout leur parfum que lorsqu'ils sont fauchés et couchés à terre. Du temps que je rimais encore, j'ai fait justement là-dessus des vers qui sont ce soir merveilleusement en situation, aussi vais-je te les dire. — Et, sans attendre ma permission, il commence :

Au premier chant du coq dressé sur son perchoir,
Les faucheurs se sont mis à l'œuvre, et la prairie
Dans la blanche rosée a déjà laissé choir,
Derrière eux, un long pan de sa robe fleurie.

Les bruissantes faux vibrant à l'unisson
Ouvrent dans l'herbe mûre une large tranchée ;
Deux robustes faneurs là-bas, fille et garçon,
Retournent au soleil l'odorante jonchée.

12.

Leurs yeux brillent, l'amour sur le même écheveau
A mêlé les fils d'or de leur double jeunesse,
Et le voluptueux parfum du foin nouveau
A leur naissant désir ajoute son ivresse...

Comme eux, j'éprouve aussi ton mol enivrement,
Fenaison !... Je revois la saison bienheureuse
Où j'allais par les prés, cherchant naïvement
La fleur qui donne au foin son haleine amoureuse.

Et les herbes tombant au rhythme sourd des faux
M'apportent le parfum des lointaines années
Dont le temps, ce faucheur marchant à pas égaux,
Éparpille après lui les floraisons fanées.

La vie est ainsi faite. Elle ondule à nos yeux
Comme une plantureuse et profonde prairie,
Dont un magicien tendre et mystérieux
Varie à tout moment l'éclatante féerie.

Nous y courons ravis, cueillant tout sans choisir,
Fauchant jusqu'aux boutons qui s'entr'ouvrent à peine
Mais l'éblouissement nous ôte le loisir
De savourer les fleurs dont notre main est pleine.

Nos merveilleux bouquets doivent comme le foin
Se faner pour avoir leur plus suave arome ;
C'est quand l'enchantement d'avril est déjà loin
Que son ressouvenir nous suit et nous embaume.

Le présent est pour nous un jardin défendu,
Et nous n'entrons jamais dans la terre promise,
Mais l'éternel regret de ce bonheur perdu
Donne à nos souvenirs une senteur exquise...

La nuit, avec le chant des sources dans les bois,
Quand le parfum des prés monte au ciel pacifique,
Vers le bleu paradis des saisons d'autrefois
Le cœur charmé fait un retour mélancolique.

Dans ce passé limpide il croit se rajeunir;
Il y plonge, il y goûte une paix endormante,
Mollement enfoncé dans le doux souvenir
Comme en un tas de foin vert et sentant la menthe...

Comme Tristan achevait cette strophe, les pignons de notre vieille auberge d'Auberive se sont dressés devant nous, et, au bruit de nos bâtons sur la route ferrée, l'hôtesse accourue nous a accueillis avec un cri de surprise et de joie.

23 septembre.

Au petit jour, je suis réveillé par un bruit frais comme le frémissement des feuilles de peuplier tremblant au vent. Je vais à la fenêtre: pluie battante! Mon exclamation dépitée secoue Tristan de son sommeil, et je lui conte notre déconvenue: impossible de faire à pied, sous l'averse, le chemin d'Auberive à Langres. C'est une pluie sérieuse, fine, serrée et promettant

de durer tout le jour. Adieu la forêt de Montavoir, le *tumulus* et la chrysomèle du millepertuis ! Nous montons dans une patache qui
transporte les dépêches ; je m'enfonce sous la
capote, Tristan, d'un air grognon, fume sa pipe
sur le siège de devant, et fouette, cocher ! — La
route est déjà détrempée ; la forêt disparaît dans
une buée grise. Pourtant, au bout de deux
lieues, au *Ran de la Mancienne*, nous mettons
pied à terre. Il y a là une longue rampe qui
s'élève jusqu'au plateau de Pierrefontaine, la
voiture va au pas ; mieux vaut cheminer sous
bois que de grelotter sous la capote.

Les bois d'ailleurs sont beaux, même par la
pluie. Le sol est jonché de feuilles mortes aux
reflets ardoisés ; les feuillages des charmes ont
déjà une couleur un peu tannée, et sur ce fond
d'or fauve les troncs lisses des hêtres se détachent avec une netteté vigoureuse, tandis que
les ramures des houx lustrés par la bruine semblent plus neuves et plus jeunes. Il n'y a presque plus de fleurs ; çà et là seulement quelques
pauvres brunelles noyées dans l'eau d'une or-
nière, des tiges de verges d'or empanachées de
leurs aigrettes grises, et des buissons d'aubépine

avec leurs baies d'un rouge de corail. De temps
à autre, le vent, qui se promène en maître dans
la forêt, secoue les arbres et chaque feuille
laisse tomber une larme. — Au sommet de la
rampe, nous nous hissons de nouveau dans la
patache, et les chevaux se remettent à trotter
dans la boue. Nous voici sur ce plateau de Langres, d'une nudité si austère et où la bise fait
rage. Au loin, dans une éclaircie, la cathédrale
dresse à l'horizon ses deux tours brumeuses.
Les champs sont déserts, pas un oiseau, pas une
bête de labour. Seule, une vieille femme, abri-
tée sous un parapluie bleu, s'obstine à faire
paître sa vache rousse au revers d'un talus.
Parfois de longues bannes de charbon appa-
raissent sur la route, lentement traînées par
des chevaux dont les *sonnailles* tintent avec une
cadence monotone, et suivies du charretier enveloppé dans sa limousine ruisselante. Trous-
sées jusqu'au mollet et coiffées de capelines
déteintes, les laitières de Saint-Geosmes reviennent du marché avec leurs grands vases de fer
battu. Nous approchons de Langres ; la patache
roule sourdement sur les ponts-levis de la citadelle, pleine de soldats et de fourgons, et nous

voici dans la ville, toujours escortés par une pluie battante.

— Je ne suis jamais venu à Langres, dis-je à Tristan, sans y être accueilli par la pluie et le vent; aussi cette ville m'a-t-elle toujours paru d'une maussaderie peu commune.

— Elle a du bon cependant; d'abord du haut de ses remparts on aperçoit le Mont-Blanc, quand le temps est à la pluie...

— On doit le voir souvent.

— Et puis les habitants, précisément peut-être à cause de ces grands horizons et de ces bises violentes, ont de l'humour, de la verve, un tour d'esprit singulièrement indépendant et original. Vois Diderot, il y a de la bourrasque natale dans le génie de ce diable d'homme. Aussi les Chaumontais, gens casaniers et rassis, disent-ils de leurs voisins:

> Langres, sur son rocher,
> Moitié fou, moitié enragé.

— Oui, mais, si j'ai bonne mémoire, les Langrois, qui ont l'esprit affilé comme leur coutellerie, se sont vengés en rimant ce couplet à l'adresse de Chaumont:

A Langres, il fait froid, dit-on,
Mais il fait chaud à Chaumont,
Car, quand bise veut venter,
Pour bien l'attraper, l'empêcher d'entrer.
Car quand bise veut venter,
Les portes on y fait fermer...

Tout en devisant du caractère langrois, nous descendons à la gare et nous montons dans le train qui doit nous ramener à Chaumont. Je ne sais si ce jour-là les naïfs Chaumontais avaient fermé leur porte pour empêcher la bise d'entrer, mais ils avaient à coup sûr laissé quelque poterne entre-bâillée, car la rafale secouait rudement les ormes du boulevard, et, dans le corridor du logis de Tristan, le vent semblait se lamenter et nous gourmander de ce que nous n'avions pas trouvé la chrysomèle.

24 septembre.

— Vois-tu, me dit l'intrépide Tristan, tandis que la vapeur nous emportait sur la ligne de Blesme, pour notre honneur il fallait faire cette dernière tentative... J'ai idée que nous découvrirons la chrysomèle à Vignory. D'ailleurs tu ne seras pas à plaindre ; je vais te montrer la forêt de l'Étoile, qui a sept lieues d'étendue, puis tu verras les ruines d'un château du temps de Charlemagne ; enfin l'église, qui est du xᵉ siècle, et que Mérimée a signalée comme un des types les plus complets du style roman...

En descendant, notre première visite a été pour l'église, qui est vraiment remarquable. Dès l'entrée, on est saisi par le caractère hiératique de cette architecture primitive. Il y a comme un ressouvenir de l'art égyptien dans ces piliers bas, lourds, massifs, aux chapiteaux brodés d'ornements sobres et mystérieux. Au-dessus de cette colonnade trapue règne un triforium rudimentaire, percé d'arceaux géminés en plein cintre. L'édifice est composé de trois nefs : la première aboutit à un sanctuaire en hémicycle ; les deux autres, parallèles, forment un sombre et humide promenoir autour du chœur. Le sol est pavé de pierres tumulaires ; sur l'une d'elles, j'ai lu cette inscription, qui m'a semblé résumer énergiquement l'impression produite par cette architecture religieuse d'une dureté impitoyable : — «Passant, disait la tombe, tu vois ce que je suis, tu sçay ce que j'ai esté, pense de toi ce que tu seras. »

J'étouffais sous ces arceaux écrasants, j'avais
hâte de me retrouver au grand air avec de la
verdure sous les yeux. Nous quittâmes l'église
et nous nous acheminâmes vers les fameuses
ruines. Les restes du vieux manoir carlovingien
produisent une impression toute contraire à
celle de l'église. C'est la nature *naturante* avec
sa libre et prolifique fécondité. La pente par
laquelle on monte aux ruines a été transformée
en un verger où les arbres fruitiers, les noisetiers, les chèvrefeuilles et les clématites se dé-
veloppent à la grâce de Dieu, sans jamais craindre sarcloir ni sécateur. Tout cela s'entre-croise,
s'enroule, s'accroche avec une vigueur et une
grâce capricieuse qui réjouissent les yeux. Les
quoichiers chargés de longues prunes violettes
pliaient jusqu'à terre ; sur les pelouses des talus les branches des pommiers s'effondraient
lourdes de fruits ; les noyers faisaient pleuvoir
sur nous les noix fraîches, dont les coquilles
craquaient sous nos pieds avec un bruit sec. Du
manoir, il ne reste plus guère qu'une tour dé-
couronnée, rattachée par un pan de mur à une
tourelle écroulée. Là, les plantes grimpantes
foisonnent et des volées d'oiseaux y picorent

13

avec des cris de satisfaction. Si l'église fait
songer au néant de la vie humaine et aux terribles mystères d'outre-tombe, en revanche les
ruines sont le paradis des oiseaux ; elles ne parlent que de la joie de vivre et des métamorpho-
ses fécondes de l'éternelle nature.

Nous avons gagné les bois en redescendant
vers une prairie qui s'enfonce solitaire dans la
forêt aux vagues moutonnantes. A mesure que
nous avancions, la futaie étendait à perte de
vue ses profondeurs d'un vert toujours différent.
Tristan s'acharnait à gratter les écorces, à ins-
pecter les tiges des plantes, et ses efforts n'é-
taient nullement récompensés. Au bout de trois
heures de contre-marches et d'explorations
inutiles, nous sortîmes par une haute lisière
d'où on apercevait dans la lumière du couchant
les ruines émergeant d'un fouillis de verdure et
les maisons de Vignory au fond de la combe,
comme des œufs dans un nid. Le soir venait peu
à peu et avec lui tous les enchantements pro-
duits par les rayons plus obliques, les colorations
plus chaudes, et aussi par ces nimbes de fumée
que la préparation du souper étend sur les toits
des maisons. De chaque sentier débouchaient

des gens courbés sous de lourdes panerées de fruits. Dans les vignes pleines de raisins mûrs, la petite flûte stridente de la rainette se faisait entendre. A un tournant du chemin, nous sommes tombés sur une maison de campagne isolée au milieu des vergers et hermétiquement close. Les hôtes de ce logis n'y étaient pas venus depuis longtemps, car un vigoureux pommier en espalier, tapissant toute la façade, avait poussé ses grands brins noueux jusque sur les croisées, dont les volets se trouvaient ainsi condamnés à perpétuité.

— C'est la *Maison verte*, dit Tristan, répondant à mon interrogation muette, voilà tantôt vingt ans qu'elle n'a été habitée; les propriétaires l'ont quittée un beau jour, on ne sait pourquoi, et depuis, dans cette maison déserte,

> N'entendant plus monter ni descendre personne,
> Aucune voix qui parle, aucun timbre qui sonne,
> L'araignée, en maîtresse, a suspendu ses fils [1].

Le plus curieux de tout cela, c'est que le notaire d'ici, chargé de la garde des clés, a l'ordre

[1] André Lemoyne, *les Roses d'antan.*

de décliner toute offre de location ou de vente.

— C'est étrange! murmurai-je en poussant la lourde grille de fer. — La serrure était sans doute en mauvais état, car la grille roula en grinçant sur ses gonds rouillés, et nous pûmes entrer dans le cour, où les chardons et les folles avoines poussaient à l'aventure. Un petit mur la séparait du jardin, et contre ce mur, à l'abri d'un houx, un vieux puits arrondissait sa margelle revêtue intérieurement de touffes de scolopendre. En face, le perron de la maison étageait ses marches verdies et effritées. Tout, depuis les corniches moussues du pignon jusqu'aux panneaux déjetés de la porte, criait l'abandon et la décrépitude. Le jardin avait un aspect plus sauvage encore. Les fraisiers croisaient en tout sens leurs tiges rampantes et recouvraient les allées d'un lacis de ver- dure ; les plates-bandes, envahies par les mauvaises herbes, ressemblaient aux tertres d'un cimetière. Çà et là quelques fleurs tenaces et résistantes avaient survécu : asters violets, soucis aux teintes fauves, phlox à odeur au- tomnale. Tout à travers, les pommiers, les poi- riers et les framboisiers formaient une sorte de forêt vierge. Un cadran solaire, sur sa stèle, avait quasi disparu sous la mousse; une tonnelle effondrée laissait voir un banc de pierre brisé, et plus loin un réservoir couvert de lentilles d'eau. La façade de la maison qui regardait le jardin était de haut en bas étreinte par un jasmin, dont quelques blanches étoiles piquetaient encore la verdure sombre, et en face des fenêtres, à la fourche d'un cytise, pendaient les débris d'un hamac rongé par la pluie et les rats.

— Cette singulière demeure, dis-je, semble avoir été abandonnée à la hâte; il s'en dégage un parfum de mystère qui me séduit.

— Sais-tu? s'écria Tristan, couchons ici, et demain nous retournerons fouiller les bois, car je ne puis pas décidément renoncer à ma chrysomèle... L'auberge est pleine de rouliers, et nous y serions mal; j'irai trouver le notaire, qui est de mes amis; il me donnera les clés de la *Maison verte* et nous y passerons la nuit... Hein ! ce sera romanesque.

L'offre était trop engageante pour que je répondisse par un refus; je dis oui, et après un rapide souper, suivi d'une courte visite chez le notaire, nous revenions à la nuit close, munis des clés et armés d'un gigantesque falot qui promenait sur la maison abandonnée une fantastique lueur.

Lorsque Tristan fut parvenu à grand'peine à ouvrir la porte du perron, tout obstruée par des touffes de saponaires et de joubarbes, nous pénétrâmes dans un vestibule dallé de petits carreaux noirs et blancs, d'où s'exhalait une moite odeur de champignon qui prenait à la gorge. — J'ai acheté des bougies, dit mon ami; comme la maison est restée meublée, j'espère que nous trouverons des chandeliers quelque part, et que nous pourrons faire du feu...

Tristan aurait pu à la rigueur se dispenser de son emplette de luminaire, car sur la cheminée de la pièce principale nous trouvâmes des flambeaux encore garnis de bougies usées à moitié. Tandis qu'il fouillait le logis pour y découvrir du bois, j'examinai cette pièce, qui avait dû servir de salon. Les bougies éclairaient à peine; l'atmosphère humide entourait la mèche grésillante d'une vapeur semblable au halo de la lune dans les nuits pluvieuses, et les objets ne sortaient de l'ombre qu'à demi. Sur la cheminée

de marbre noir, il n'y avait rien qu'une potiche
encore pleine de plantes desséchées. C'étaient
des fleurs sauvages, cueillies sans doute dans
une dernière promenade d'automne, car j'y reconnus des tanaisies, des houppes de clématites
et des débris de reines-des-prés. Dans une des
encoignures de la cheminée se trouvait un chif-
fonnier à coins de cuivre, et de l'un des tiroirs
entr'ouverts sortaient des écheveaux de laine
bleue, rose, orange, aux couleurs passées ; un
livre avait été oublié sur la tablette de marbre,
et une brindille de jasmin marquait en guise de
signet la lecture interrompue. Je le feuilletai :
c'était *Jocelyn*. En face de la cheminée, un piano
à queue était resté ouvert, et sur le pupitre
s'étalaient de vieilles romances : *Plaisir d'a-
mour, le Fil de la Vierge* et *le Lac ;* mais ce qui
attira surtout mon attention, ce fut un buste en
marbre blanc, posé sur une console entre les
deux fenêtres. Je le fis remarquer à Tristan, qui
avait enfin réussi à allumer une claire flambée.
L'œuvre avait été exécutée par un véritable artiste : le modelé était traité de main de maître, et
la tête avait une expression de vie saisissante.
C'était une figure de jeune femme ou de jeune

fille. Les cheveux séparés au sommet étaient roulés en une série de petites boucles étagées de chaque côté des tempes ; le front était intelligent, l'ovale allongé du visage rappelait celui de la *Diane* de Jean Goujon ; les yeux grands et questionneurs, le nez un peu impérieux, la bouche légèrement retroussée aux coins avaient une expression passionnée et voluptueuse qu'accentuaient encore un menton proéminent, les lignes onduleuses du cou et une poitrine amoureusement modelée.

— Plus j'étudie cet intérieur, dis-je à Tristan, et plus je suis convaincu que ses hôtes l'ont abandonné précipitamment, chassés par quelque brusque et mystérieuse catastrophe.

— Le maître du logis avait peut-être été compromis dans quelque affaire politique, après le deux décembre. Sa femme l'aura suivi dans son exil, elle y sera morte, et il ne se sera plus soucié de rentrer en France.

— Non, répliquai-je, je flaire plutôt là-dessous quelque histoire d'amour coupable... Remarque que la femme était jeune et charmante, ce buste en fait foi. De plus elle était romanesque, car elle lisait *Jocelyn* et chantait des romances sentimentales. Elle aura ébauché ici quelque bel amour défendu, puis un jour tout ayant été découvert, elle se sera exilée spontanément, et le mari désespéré aura quitté à jamais une demeure devenue odieuse...

— Là-dessus, répondit Tristan, nous ne saurons jamais rien, car le notaire, qui seul pourrait nous renseigner, est muet comme un poisson sur le chapitre de ses anciens clients... Le mieux, ajouta-t-il en bâillant, est de n'y point penser et de nous coucher; je tombe de sommeil.

Et, sans cérémonie, il souffla les bougies et s'étendit sur les coussins d'une bergère, tandis que je m'allongeais de mon mieux dans un grand fauteuil roulé près de l'âtre. Un quart d'heure après, Tristan était parti pour le pays des rêves; quant à moi, j'avais beau me retourner dans mon fauteuil, il m'était impossible de fermer les yeux.

Le mystère des hôtes de la *Maison verte* me trottait dans le cerveau, et, sur les données que j'avais recueillies, je continuais à échafauder des hypothèses. De plus l'appartement semblait hanté par des hôtes bizarres, et chaque fois que mes paupières commençaient à s'alourdir, j'étais réveillé par un bruit nouveau : craquement des boiseries dilatées par la chaleur, vibrations des cordes du piano, grignotements de souris derrière les cloisons, tic-tac d'araignées ourdissant leur toile... Je me mis à contempler le buste que le feu mourant éclairait de bas en haut. A cette clarté tremblante, il prenait une expression étrange : les lèvres de la jeune femme avaient l'air de murmurer je ne sais quelles paroles inentendues, les ailes de ses narines se gonflaient, ses yeux souriaient tristement. Un rayon de lune filtré par un trou du volet glissait jusque vers la cheminée après avoir caressé le buste, et je croyais voir le rayonnement de ces yeux profonds obstinément fixés sur le bouquet desséché dans la potiche du Japon. — As-tu compris, as-tu deviné enfin?... semblait me dire ce regard obsédant. — Je sentis sous mes doigts nerveux le volume de *Jocelyn,* je pensai involontairement à l'épisode de *Francesca de Rimini,* et je me mis à répéter mentalement les vers de Dante :

Galeotto fu il libro, e chi lo scrisse;
Quel giorno più non vi legemmo avante...

Peu à peu le sommeil triompha de mon agitation, et je m'assoupis ; pendant combien de temps ? je ne sais, mais je fus réveillé en sursaut par un chant de triomphe retentissant comme la diane dans une caserne. Il faisait grand jour, la fenêtre était entr'ouverte, les volets poussés, et Tristan, planté sur ses longues jambes devant le bouquet de fleurs sèches, sonnait une fanfare avec ses doigts roulés en cornet sur sa bouche. — Victoire ! s'écria-t-il, je l'ai trouvée !...

— Quoi ?.. L'histoire de la jeune femme de la *Maison verte ?* balbutiai-je en me frottant les yeux.

— Eh non !... Ma chrysomèle... *Chrysomela fucata !*... Figure-toi qu'en attendant ton réveil, je m'étais amusé à herboriser dans ce bouquet fané ; j'y reconnais une tige de millepertuis, je la secoue, et, merveille des merveilles, j'en vois tomber ma chrysomèle... Elle est morte, il est vrai, mais parfaitement conservée... Tiens, regarde !

Il me montra un coléoptère d'un bleu cuivré, gros comme une lentille, et en somme fort ordinaire. — Je le croyais plus beau, dis-je en restant froid.

— Tu es un philistin, il est admirable ! conti-
nua-t-il en braquant sa loupe sur son insecte,
et tu sais, j'avais raison : les élytres sont
ponctuées comme les feuilles des millepertuis...

Il le déposa précieusement dans sa boîte.
J'avais ouvert la fenêtre toute grande. Les grives commençaient à gazouiller dans les vignes,
et nous entendions les bandes de vendangeurs
se héler joyeusement sur le chemin. Je jetai un
dernier regard sur le buste, qui avait retrouvé
son impassibilité marmoréenne.

— Adieu ! lui murmurai-je avec un soupir, tu
gardes ton secret.

— Tristan avait refermé les volets. — Adieu,
maison de la chrysomèle ! s'écria-t-il en ver-
rouillant la porte et en agitant son chapeau.

Et nous redescendîmes vers Vignory, tandis
que le soleil levant enveloppait la *Maison verte*
de sa rose illumination.

LA

CHANSON DU JARDINIER

———

A JULES BASTIEN-LEPAGE

LA

CHANSON DU JARDINIER

———————

3 septembre.

Je ne voulais point passer à Chaumont sans voir Tristan. Cette fois je l'ai trouvé enfoncé dans une mélancolie noire.

— Mon cher, s'est-il écrié en me serrant la main, tu arrives mal, j'ai le cerveau enveloppé de toiles d'araignée. Le présent m'ennuie, et l'avenir ne me dit rien de bon. Le monde extérieur m'apparaît comme voilé d'un brouillard qui offusque ma vue; aussi je plonge dans le passé pour échapper à toute cette brume et retrouver un coin de bleu. Je crois que ma mélancolie est causée par ces cloches de vêpres qui sonnent depuis une demi-heure à Saint-

Jean. En les écoutant, il me semblait que j'étais encore enfant de chœur et je me retrouvais dans ma vieille église paroissiale, à ma place coutumière, sur la première marche de l'autel, avec ma sonnette à portée de la main. Je distinguais un coin du chœur, un plat d'étain plein de liards et la petite console où je posais les burettes... Une fois engagé dans ces chemins du temps passé, on ne les quitte plus. Tous les détails d'autrefois émergent de l'ombre avec un relief et une couleur qui tiennent de l'hallucination. Je me revoyais avec mes livres attachés à une courroie, gravissant les rues montueuses et somnolentes de ma petite ville ; je parcourais de nouveau l'antique logis de ma grand'tante, la haute *foulerie* encombrée de cuves et de tonneaux, la salle lambrissée de boiseries vermoulues datant du XVIIe siècle et le jardin plein de framboisiers.

Ces maisons du temps jadis, avec leur luxe de paliers, de couloirs et de recoins, ont une physionomie originale et constituent à elles seules une patrie. Un enfant qui y a été élevé s'en souviendra toujours. Vous autres, gens de Paris, qui avez changé vingt fois d'appartement dans

le cours de votre enfance, vous ne savez pas ce
que c'est que d'avoir un *home,* une bonne vieille
maison remplie de reliques. Vous me faites l'effet d'enfants élevés au biberon, tandis que nous
autres provinciaux nous avons bu à pleines
lèvres au sein de la mère nature. Vous ne con-
naissez pas la volupté de retrouver après trente
ans les mêmes meubles poudreux à leur place
familière, les couloirs enchevêtrés où l'on jouait
à *cache-cache,* le grenier à la charpente touffue,
abritant dans ses profondeurs de massives ar-
moires qu'on osait à peine ouvrir, de peur d'en
voir sortir un spectre. Dans vos maisons moder-
nes, toutes décorées avec la même élégance
banale, où l'eau et le gaz montent jusqu'au cinquième, il n'y a plus de place pour le mystère,
pour les spectres, pour ces naïves et délicieuses
terreurs de l'enfance.

Laisse-moi, pendant que ces cloches bourdon-
nent encore, te compter une impression de ce
temps-là. Depuis plusieurs jours, elle me revient
avec une persistance étrange. C'était à B..., dans
l'Argonne, et j'avais quinze ans. On entrait en
hiver et les veillées avaient déjà recommencé.
J'ai toujours aimé ces semaines de novembre,

14.

quand l'air est froid et sec, quand, au lieu des
mille perles de la rosée, on trouve sur les chemins des milliers de paillettes de givre; lorsque
la parole sort avec une légère et fine vapeur des
lèvres des jeunes filles, et que le soir on se
presse sept à huit autour de la cheminée flam-
bante. Nous étions donc tous réunis à veiller
dans la grand'chambre, aux environs de la
Sainte-Catherine. Tout à coup, dans la rue déserte, il y eut un long piétinement et un murmure confus de jeunes rires. On frappa à la
porte et une voix d'enfant demanda : — Voulez-
vous voir la Sainte Catherine? — C'est une coutume de mon pays meusien. Chaque année, en
novembre, les petites filles habillent de blanc la
plus jolie de leurs camarades; on lui met des
fleurs au front et au corsage, et le soir, on promène de porte en porte la fillette, qui est cen-
sée représenter la sainte et qui chante un com-
pliment suivi d'une quête destinée à fêter la
patronne des filles. — Voulez vous voir la
Sainte Catherine? — On répondit affirmative-
ment; la porte s'ouvrit toute grande, et la
troupe poussa dans la chambre une mignonne
enfant de douze ans, aux joues vermeilles, aux

cheveux noirs enguirlandés de roses blanches.
Je la reconnus tout de suite; c'était Franceline,
la fille du brigadier forestier. Elle était jolie
comme une petite fée avec ses yeux bruns scin-
tillants, et deux fossettes qui se creusaient de
chaque côté des joues au moindre mouvement
de ses lèvres rouges. Elle s'avança dans le cercle lumineux, et, d'une voix argentine, elle
chanta la complainte, — une sorte de *nénie* dé-
cousue, sans rime ni raison, mais dont les
images naïves agissent d'une façon puissante
sur des cerveaux d'enfants :

> Sainte Catherine
> Couronnée d'épines,
> Aux pieds de Jesus;
> Jésus la regardant
> Lui disait : Sainte Catherine,
> Sainte Catherine!

> J'étais là-haut dans un beau petit bois,
> J'ai trouvé une serpe qui m'a coupé les doigts;
> Je me suis mise à trembler
> En voyant mon sang couler.

> A l'arbre d'or
> Mon cœur est tout en or,
> Et à ma tête est un clair diamant,
> C'est mon amant qui m'en a fait présent...

La chanson tout entière n'avait pas le sens
commun, et pourtant « ce beau petit bois »,
les doigts où le sang coule, « l'arbre d'or » et
« le clair diamant », ces mots sonores et colo-
rés sortant de ces pures lèvres enchantaient ma
jeune imagination. A partir de ce soir-là, je de-
vins amoureux de Franceline.

Ces amours de quinze ans ont le charme des
primevères d'avril ; elles en ont la grâce frêle,
le velouté, la couleur d'un blond doré, et aussi
le parfum, ce premier parfum qui annonce le
printemps et qu'on n'oublie plus. — Franceline
rentra dans son couvent, mais je n'en restais
pas moins féru d'amour, et sous les noires soli-
ves de la salle d'étude d'un collège, je vécus
doucement avec ce jardin vert enfermé dans
mon cœur. Je ne la revis que plus tard, quand je
revins au pays après mon baccalauréat. Elle
avait dix-sept ans et moi vingt. La fleur avait
tenu toutes les promesses du bouton, et elle
était vraiment jolie. Nous nous voyions souvent
le soir, chez une voisine. Franceline avait une
voix claire et bien timbrée ; elle savait toute
sorte de chansons de paysans qu'elle chantait
avec beaucoup de charme. Une surtout m'est

restée, ou du moins l'air m'est resté, car je n'en
sais plus qu'un lambeau de couplet. Il s'agit
d'un jardinier amoureux qui va voir sa bien-
aimée à la nuit close.

> Hé ! dormez-vous, sommeillez-vous,
>   Mon cœur joyeux ?
> A votre porte est arrivé
>   Votre amoureux.
> — Non, je ne dors ni ne sommeille,
> Toute la nuit je pense à vous...

Voilà tout ce que ma mauvaise mémoire a
retenu, mais je me souviens qu'il y avait à la
fin un élan passionné digne du cri de Roméo
sur le balcon de Juliette. — Un soir, à l'époque
de cette même fête de sainte Catherine, Franceline m'avait redit sa chanson. Nous étions seuls
dans la grand'chambre, qu'éclairait faiblement
une lampe fumeuse. — Je la vois encore, cette
lampe tout à fait primitive : un haut chandelier
de cuivre supportant une boule de verre pleine
d'huile, dans laquelle trempait une mèche grésillante. — Nous n'étions séparés que par la
petite table sur laquelle nous jouions aux dominos J'avais la tête échauffée par la chanson pas-

sionnee du *Jardinier*, et j'avais résolu d'être au-
dacieux. Au moment où nos doigts se rencon-
trèrent en mêlant les dés, je saisis rapidement
l'une de ses mains et je la baisai. Elle retira
brusquement ses doigts, un moment prisonniers
sur mes lèvres ; ses longs cils noirs s'abaissèrent
sévèrement sur ses yeux, ses joues à fossettes
s'empourprèrent, et d'une voix émue, qu'elle
s'efforçait de rendre courroucée : — Monsieur,
dit-elle, prenez vos dominos et jouons ! — J'obéis
gauchement, et tous deux, aussi effrayés l'un
que l'autre, n'osant plus lever les yeux, nous
achevâmes la partie dans un silence solennel,
pendant lequel on n'entendait plus que le cri-
cri du grillon derrière la *platine* du foyer.

Vingt ans se sont passés depuis cette soirée,
et la scène m'apparaît encore dans ses plus
minces détails, comme si c'était hier... Je m'arrête ; ce bruit des cloches de vêpres me ferait
défiler jusqu'à demain le chapelet de mes souvenirs. — Peu de temps après, je partis pour
commencer, comme Wilhelm Meister, mes *années d'apprentissage* de la vie, et Franceline elle-
même quitta le pays. J'ai appris qu'elle s'était
mariée. Je ne l'ai plus revue et je n'ai jamais pu

retrouver la chanson qu'elle chantait si bien. J'ai beau aire des efforts de mémoire, je m'arrête toujours au seul fragment que je t'ai cité, mais l'air me hante et me poursuit. Je suis comme Jean-Jacques, qui ne se rappelait plus que quelques paroles confuses de la romance de sa tante Suzon, et qui cependant y trouvait un charme si attendrissant. J'ai cherché partout ces paroles perdues, j'ai interrogé en vain les vieilles fileuses dans les *veilloirs*, j'ai feuilleté tous les livres qui traitent de nos chansons populaires, mais ni dans le recueil de M. de Puymaigre sur les *Chants du pays messin*, ni dans le *Romancero de la Champagne*, je n'ai retrouvé la *Chanson du Jardinier*. Plus je désespère de la ressaisir et plus elle m'obsède. A l'intérêt purement intime et personnel se mêle maintenant la curiosité fiévreuse du philologue et du collectionneur. J'y mets de l'amour-propre et de l'entêtement, et je n'arrive à rien.

— Pourquoi, ai-je dit à Tristan, au lieu de feuilleter de vieux bouquins, ne vas-tu pas bonnement chercher la chanson à sa source? Tu l'as entendu chanter en Argonne, les échos des forêts du pays doivent la répéter encore. Re-

tournons-y ensemble. Je t'amènerai deux joyeux
compagnons qui seront enchantés d'être pilotés
par toi. Nous passerons gaîment huit jours à
courir les villages et les défilés de la forêt. Nous
y retrouverons ta chanson, et qui sait? peut-être
aussi Franceline...

Tristan a hoché la tête. — On ne rêve pas
deux fois le même rêve, a-t-il répondu en sou-
pirant. — Pourtant cette fugue de huit jours à
travers bois le tentait. Il s'est laissé séduire par
l'idée de nous servir de cicerone, et, en nous
quittant, nous nous sommes donné rendez-vous
aux Islettes.

10 septembre.

« Ainsi, laissant après elle un blanc sillon de
lumière, une étoile filante glisse du ciel dans la
mer, et le matelot crie à ses compagnons : Enfants, larguez les voiles, le vent est bon ! » —
Ces vers de Théocrite me revenaient à la mémoire, tandis que le train fuyait à travers la vallée
de la Meuse. Le convoi, enveloppé d'une blanche
traînée de vapeur, glissait doucement en effet
sur la verte étendue des prés, comme ferait une

étoile filante à travers le ciel. A Verdun, je
montai dans un antique cabriolet qui me cahota
lentement le long de la côte qui domine la
Meuse, puis insensiblement s'enfonça dans des
solitudes boisées, au sommet desquelles je
découvris tout à coup à mes pieds la plaine
tantôt jaune et tantôt verte, prolongeant au
loin, sous une fine lumière d'automne, ses
molles ondulations jusqu'aux premières maisons de Damvillers.

C'était là que je devais trouver mes compagnons de voyage. Ce sont deux frères, tous deux
artistes. L'aîné est peintre, et, bien que fort
jeune, il n'a pas attendu longtemps ces premiers
sourires du succès qui, au dire de Vauvenargues,
sont plus doux que les feux de l'aurore. Les
terres fortes de notre pays meusien ne sont
guère fécondes en artistes, mais quand elles en
produisent un de loin en loin, elles le font
robuste et original. Mon ami ressemble à ces
poiriers trapus, nés à grand'peine dans un sol
pierreux, mais qui, ayant une fois pris le
dessus, donnent des fruits pleins de suc et
de saveur. Petit, leste, énergique et narquois,
doué d'une remarquable habileté de main, il

possède déjà tous les secrets de son métier,
mais c'est là le moindre côté de son talent. Ce
qui constitue sa véritable originalité, c'est une
finesse savante jointe à une scrupuleuse sincérité ; une couleur sobre, claire, argentée, qui
enveloppe ses têtes de bourgeois, d'enfants ou
de bergers dans un bain d'air lumineux ; c'est
en un mot la netteté et le naturel, ces deux
maîtresses qualités qui font les bons peintres
comme les bons écrivains. Dégagé des conven-
tions de l'école, il est resté dans le sentiment
de la vie moderne, tout en peignant avec la
bonne foi consciencieuse et précise des vieux
maîtres français et flamands. Sa manière rappelle par certains procédés celle des Memmling
et des Clouet ; aussi l'avons-nous surnommé *le
Primitif.*

Après une longue course à travers les chemins, quelle bonne chose qu'une halte dans un
milieu bien intime et bien cordial, où tout s'unit
harmonieusement pour vous faire accueil : —
les fleurs rangées sur le manteau de la cheminée, les toiles pendues au mur, le vin qui rit
dans les bouteilles, et surtout les figures bien-
veillantes des hôtes ! Le Primitif et son frère

Éverard me secouaient vigoureusement les mains ; le père me souriait en me débarrassant de mon sac et de mon bâton ; le grand-père, allègre en dépit de ses quatre-vingt-trois ans, arrivait les bras chargés de bouteilles ; la ménagère se hâtait de soulever le couvercle de la soupière fumante. La mère du Primitif est bien la mère qu'il faut à un peintre : elle est experte aux choses de la vie domestique, et en même temps elle comprend ces caprices, ces raffinements et ces inquiétudes qui font de la vie d'un artiste une existence à part. Petite, alerte, ayant le regard tendre et les traits mobiles, c'était merveille de la voir passer de la salle à la cuisine, avec une vivacité d'hirondelle, se posant un moment sur sa chaise pour repartir l'instant d'après en quête d'un verre ou d'une assiette, revenant avec un sourire, veillant à tout, pensant à tout et n'oubliant qu'elle-même.

Après le déjeuner, nous avons traversé le bourg pour gagner le jardin où le Primitif travaille en plein air. Damvillers a été jadis fortifié par Charles-Quint et a eu les honneurs d'un siège. Plus tard Louis XIV l'a fait démanteler mais ses anciens fossés subsistent encore ; on les

a transformés en vergers où l'herbe pousse dru,
grâce au voisinage d'un ruisseau qui se nomme
la Tinte. Vu de la plaine, le bourg a l'air d'un
îlot de verdure, du milieu duquel émergent à
peine quelques toitures brunes et la tour de
l'église. Assez loin à l'entour, le pays est plat
et le regard y court à l'aise sur une large étendue de prés et de cultures. C'est un paysage
calme, discrètement coloré, mais qui ne manque ni de caractère, ni d'une certaine ampleur.
Quand il m'en eut bien fait comprendre les
lignes harmonieuses et les délicates nuances,
le Primitif me ramena vers les jardins : —
Maintenant, dit-il, allons admirer les fleurs du
grand-père.

De vrai, la chose en valait la peine. En entrant
dans ce rustique jardinet, resserré entre un
bout de pré où coule la Tinte et les vergers des
fossés, on avait les yeux en fête. Sur le fond
vert des arbres, les notes blanches, roses, jas-
pées et violettes d'un épais massif de reines-
marguerites éclataient comme une musique
joyeuse ; à côté, des géraniums faisaient flam-
ber leurs fleurs d'un rouge-feu, et de grands
fuchsias lançaient au loin comme des fusées

leurs branches flexibles d'où retombait une
pluie de clochettes empourprées. Une lumière
finement tamisée par un ciel pommelé baignait
toutes ces couleurs chantantes et en faisait
valoir les moindres modulations. Et du milieu
de ces fleurs tapageuses se détachait l'originale
figure du grand-père, promenant lestement ses
quatre-vingt-trois ans d'un massif à l'autre. Son
bonnet de velours, crânement penché sur l'o-
reille, laissait voir à plein son visage socratique
à l'expression narquoise. Ses yeux bleus pétillaient de malice, le nez large et retroussé avait
un accent gouailleur que corrigeaient juste à
point deux bonnes lèvres spirituelles et gour-
mandes ; sa barbe blanche s'étalait en éventail
sur une vieille veste de chasse aux jolis tons
feuille-morte, et ses mains sans cesse en mouvement agitaient impatiemment les branches
d'un sécateur. C'était un double plaisir de contempler, à côté de la plantureuse floraison des
massifs, cette verte et sereine vieillesse.

Quand nous eûmes tout admiré à loisir, le
Primitif me montra une étude de paysanne en
plein air, terminée récemment : — une fillette
de quinze ans, qui revient du bois et se tient

15.

immobile, adossée à un hêtre. C'était bien le
type des filles de notre pays meusien dans toute
sa verte saveur : le front bas, mais intelligent,
les yeux aux paupières allongées laissant filtrer
un regard un peu farouche, les pommettes et
les mâchoires saillantes, le menton carré indiquant une race travailleuse et opiniâtre, la
bouche grande, aux lèvres entr'ouvertes, sur
lesquelles on sentait passer le souffle de la respiration. — Voilà, m'écriai-je, la vraie paysanne ;
tout, dans le regard, dans l'attitude, dans les
plis fripés du casaquin et de la jupe, dit la résignation au travail et le pain gagné au jour le
jour, à la sueur du visage. A la bonne heure,
cela me console des moissonneuses élégiaques
ou des viragos noires et débraillées que j'ai
vues aux dernières expositions.

— Et pourtant, répliqua le Primitif, ceux
qui les avaient peintes étaient des gens très-forts,
mais ils peignaient avec un parti-pris d'étonner
le bourgeois, et non avec la préoccupation d'être
vrais. Voyez-vous, l'étude patiente et consciencieuse de la nature, il n'y a que cela ! Le paysan
a sa façon à lui d'être joyeux ou triste, de sentir et de penser ; c'est cette façon d'être particu-

lière qu'il faut chercher à deviner. Quand vous l'aurez trouvée et rendue, peu importe que vos personnages aient des traits irréguliers, l'allure gauche et les mains calleuses ; ils seront beaux, parce qu'ils seront vivants et pensants. La plupart des têtes de Holbein ne sont pas belles dans le sens plastique du mot, mais elles sont singulièrement intéressantes ; sous leur laideur ou leur vulgarité, il y a la pensée et le sentiment qui illuminent tout. Dans ce temps-ci, nous sommes un tas d'artistes très-habiles, et, malgré tout notre savoir-faire, notre peinture n'est le plus souvent qu'*amusante,* comme on dit à l'atelier. Elle n'empoigne pas, parce que nous-mêmes nous n'avons pas peint avec conviction. Il faut changer de méthode si nous voulons qu'il reste quelque chose de nous. Il faut chercher à voir et à rendre cet intime rayonnement des êtres et des choses, qui est le vrai beau, parce qu'il est la vie: en un mot, il faut appliquer les procédés des vieux maîtres : — peindre avec sincérité et bonne foi...

Tandis que nous causions, le crépuscule commençait à effacer les couleurs du petit jardin. Au loin, sur la grise étendue de la plaine,

montaient de sveltes filets de fumée bleu indiquant les feux allumés par les ramasseuses
de pommes de terre. Les trilles grêles et flûtés
des rainettes se faisaient entendre parmi les
buissons, et de lourdes charrettes chargées de
gerbes d'avoine roulaient sourdement sur la
route. Sept heures sonnèrent à la tour de l'église ;
nous rentrâmes en longeant les maisons du
bourg, dont les fenêtres laissaient apercevoir les
rouges flambées de l'âtre et les ombres actives
des ménagères, affairées à préparer le souper
de *leur homme.*

11 septembre.

Dès le matin, le Primitif, son frère Éverard
et moi, nous sommes partis sac au dos. A Verdun, le train de Châlons nous a emportés vers
l'Argonne, qui étend comme un rempart verdoyant ses quinze lieues de hautes forêts entre
les monotones campagnes du Verdunois et les
plaines crayeuses de la Champagne. — Clermont ! — Le convoi file entre des talus boisés
qu'il emplit de sa blanche vapeur. — Les Islet-

tes ! — Nous voici arrivés, et nous sautons gaîment hors du wagon.

Debout près de la barrière, Tristan, qui nous a devancés, agite ʌ 'n chapeau en signe de reconnaissance. Tristan s'est métamorphosé : de fortes guêtres jaunes emprisonnent jusqu'aux genoux ses longues jambes; il est vêtu d'une courte jaquette gris de fer ·avec les culottes bouffantes d'étoffe pareille, et, pour plus de pittoresque, il a décoré d'un brin de houx son feutre à larges bords.

— Qu'est-ce que cet accoutrement ? lui dis-je ébaubi.

— Costume de touriste ! répond-il en se tournant avec ostentation devant moi, je me suis fait faire cela en l'honneur de l'Argonne.

— Une heureuse idée ! Dans ce pays-ci, où les gens sont d'un naturel sauvage et n'ont jamais vu de touristes, on va se mettre aux portes quand nous passerons, et les gamins nous suivront comme des revenants du dernier carnaval.

Nous débouchons dans la grande rue des Islettes, formée de deux files de maisons rangées le long de la route de Sainte-Menehould. A droite et à gauche, des collines couvertes de forêts indiquent le cours de la petite rivière de Biesme, et sont déjà noyées dans les brumes du crépuscule.

Tristan nous conduit à l'*Hôtel de l'Argonne,* où il a fait préparer notre gîte. Tristan est un bon fourrier ; dans la salle à manger, une claire flambée nous accueille, et sur la table nous attend un copieux souper que nous dévorons de grand appétit.

Nous sortons de table pour fumer en plein air. La nuit est tout à fait venue, et, au détour d'un chemin nous apercevons une immense clarté rougeâtre qui semble courir sur la forêt.

— Un incendie dans les bois ! s'écrient le Primitif et Éverard.

— Non, répond Tristan, ce doit être la réverbération des fours d'une verrerie... Si vous voulez, nous pousserons jusque-là.

Nous sommes en effet dans le pays du verre et des gentilshommes verriers, et, chemin faisant, Tristan nous conte leur histoire.

D'après lui, l'établissement des verriers en Argonne remonterait au règne de Philippe le

Bel. Ce qu'il y a de certain, c'est que, déjà en
1448, on trouve une charte du duc de Lorraine,
maintenant les maîtres et ouvriers en verre dans
leurs anciens droits et franchises. Ce n'était pas
un mince cadeau, car, outre l'exemption « de
toute taille, subsides, gîte et chevauchée, » ces
privilèges comprenaient : droit de paisson, d'af-
fouage et de chasse dans la forêt, droits de pê-
che dans les ruisseaux, étangs et rivières, etc.
Ces gentilshommes, demi-artistes, demi-aven-
turiers, avaient été sans doute attirés en Argonne par les ressources nombreuses que le sol
offrait à leur industrie. Un sable pur y foison-
nait sur les plateaux couverts de fougères ; la
forêt leur donnait du charbon à discrétion, et ils
vendaient avantageusement aux vignerons du
Barrois et de la Champagne leurs bouteilles et
leurs gobelets, appelés dans le pays des *godets*.
En outre, les futaies giboyeuses de Beaulieu et
de La Chalade, les eaux poissonneuses de la
Biesme étaient faites pour retenir des gens qui
aimaient la bonne chère et avaient toujours eu
du sang de braconnier dans les veines.

Ils s'étaient donc installés en pleine forêt et
s'y considéraient comme chez eux. La solitude

était profonde ; elle éloignait les importuns, ef-
frayait les créanciers et les sergents, et permet-
tait aux verriers de mener à leur guise une
existence sans préjugés. Leur commerce pros-
pérait ; les rois de France s'intéressaient à eux,
Henri III avait confirmé leurs privilèges, et
Henri IV daigna leur donner une audience en
passant aux Islettes.

— Quoi ! dis-je à Tristan, le Béarnais est venu
ici ?

— Oui, en 1603, lors de son voyage à Metz,
et même par un temps assez maussade. On était
en mars, et, pour parler le patois du pays, il
mousinait, c'est-à-dire qu'il tombait une pluie
fine et pénétrante. Au bas de la côte de Biesme,
près du pont, le roi vit sortir de la forêt et se
ranger le long du parapet un groupe de singu-
liers personnages, dont la mine fière et l'accoutrement campagnard attirèrent son attention.
Ils se tenaient tête nue, sous la bruine, l'épée
en verrouil et un placet à la main. — Qui sont
ces gens-là ? demanda Henri IV au postillon. —
Sire, ce sont des souffleurs de bouteilles. — Le
Béarnais aimait à rire, les mauvaises langues
prétendent qu'il se permit à l'endroit de ces

souffleurs de verre une plaisanterie assez salée[1].
La voiture ne s'arrêta pas, car on avait déjà
perdu beaucoup de temps à écouter la harangue
des notables de Sainte-Menehould, mais le roi
fit prendre les placets des verriers, et peu après
leur accorda de nouvelles lettres patentes. Ce
temps-là fut leur âge d'or, et cela dura jusqu'au
xviiie siècle. Ils gagnaient gros et menaient
grand train; mais la révolution de 1789, en
anéantissant leurs privilèges, leur porta un rude
coup. Mécontents du nouvel ordre de choses,
ils luttèrent de leur mieux pour défendre le
régime qui succombait; Dumouriez, dans ses
Mémoires, rapporte les efforts que tentèrent
les verriers de l'Argonne pour entraver les
manœuvres de l'armée républicaine. Beaucoup
d'entre eux émigrèrent et s'enrôlèrent dans l'armée de Condé, où ils se battirent bravement.
Quand ils rentrèrent au pays, vers la fin de l'empire, fatigués de l'exil, écloppés et fort mal en
point, ils trouvèrent leurs verreries en ruine.

[1] Henri IV, d'après la tradition populaire, répondit au
postillon : « Eh bien! dis leur de souffler au c.. de tes chevaux pour les faire aller plus vite! » — *Histoire de Sainte-
Menehould,* par Cl. Buirette.

— Et maintenant, comment vivent-ils ?

— Assez pauvrement. Depuis 1830 surtout, ils ont descendu un à un les degrés de la mauvaise fortune. Quelques-uns ont pris du service et sont devenus d'excellents officiers, d'autres ont été réduits à se faire bûcherons ou braconniers ; les plus chanceux se sont tirés d'affaire en remontant de nouvelles verreries, et, à la tête des usines du Neufour, de la Harazée, des Senades et des Islettes, on retrouve les descendants des nobles verriers du xvie siècle : les Grandrupt, les Brossard et les Parfondrupt. Ceux à qui la fortune n'a pas souri vivent au jour le jour, déclassés, dépenaillés, mais portant haut leurs noms sonores, fidèles à *la bonne cause,* fervents catholiques, et revenant tous, comme le lièvre, mourir au gîte. Ils gardent pieusement le souvenir et l'orgueil de leur antique origine, ayant en grand mépris les roturiers, qu'ils tiennent à distance et qu'ils appellent des *sacrés-mâtins.* Ceux-ci le leur rendent bien d'ailleurs ; ils les ont surnommés dans leur patois : les *hâzis,* c'est-à-dire les *brûlés,* et il n'est sorte de propos ironiques qu'ils ne se permettent sur leur compte. Il y a dans la forêt de Beaulieu

un hameau, Bellefontaine, qui n'est habité que
par des familles de verriers ; les mauvais plai-
sants prétendent qu'il n'existait dans tout le
village qu'une seule épée ; les gentilshommes
l'empruntaient tour à tour, aux jours de grande
parade et de cérémonie, c'est pourquoi on l'avait
baptisée *la Fatiguée*...

Tristan s'est interrompu, car nous voici arrivés à la verrerie. Les hauts bâtiments de l'usine
se dressent devant nous. D'espace en espace,
des lueurs d'un rouge incandescent font dans la
façade noire de radieuses trouées ; au milieu,
s'ouvre la grand'porte de l'usine, et de cette baie
voûtée s'échappe une maîtresse gerbe lumineuse
qui se prolonge bien loin au dehors, et se promène parmi les ombres de la forêt comme la
queue d'une flamboyante comète. Nous entrons.
Sous la haute toiture de tuiles s'élève un vaste
rectangle de maçonnerie, dans l'intérieur duquel
flambe la fournaise qui doit mettre en fusion les
éléments du verre. Sur chacune des faces latérales du massif bâillent les bouches des fours
ou creusets qui contiennent le verre et qu'on
nomme des *ouvreaux*. Il s'en échappe une lumière aveuglante et une chaleur à peine suppor-

table. La fonte gronde et détonne dans les creusets. Çà et là s'agitent les ouvriers chargés de surveiller l'opération, et leurs robustes silhouettes s'enlèvent en noir sur la violente clarté des ouvreaux. Les verriers ne sont pas encore arrivés ; ils dorment en attendant que le verre soit à point ; mais la fusion est presque complète, et leur rôle va commencer. Dix heures sonnent, un apprenti sort avec une lanterne et va frapper aux portes des maîtres souffleurs qui logent aux environs de l'usine ; devant chaque logement, il appelle les hommes à l'atelier en chantant d'une voix traînante : « A l'ouvreau, messieurs, à l'ouvreau ! »

Au bout d'une demi-heure, la verrerie bourdonne comme une ruche. Tout le personnel de l'usine est à son poste, et chacun prend la place que lui assigne son emploi, car, dans ce métier de verrier, il y a des grades bien distincts, et on ne conquiert le titre de *maître souffleur* qu'après avoir passé par les degrés successifs de *porteur*, de *gamin* et de *grand garçon*. Le *gamin*, armé d'une longue canne de fer creux, *cueille* le verre liquide dans le creuset et passe la canne au *grand garçon*, qui prépare cette

masse vitreuse, d'une belle couleur rouge ce-
rise, en la roulant sur une plaque de métal, où
elle s'allonge en fuseau, puis il remet au
maître souffleur la canne à l'extrémité de laquelle
pend ce fuseau de verre rouge ; celui-ci plonge le
verre dans un moule, souffle dans la canne, à
laquelle il imprime en même temps un léger
mouvement de rotation, et en moins d'une minute il retire la bouteille toute formée et encore
lumineuse. Frappant lestement avec un maillet
sur la partie inférieure, il y pratique le renflement conique qui forme le fond ; avec un peu
de verre cueilli au creuset, il modèle la bague
du goulot, et, la bouteille parachevée, il la jette
toute brûlante au *porteur,* qui la reçoit humble-
ment dans un étui en fil de fer et court la dépo-
ser dans un second four, où elle subira une
nouvelle cuisson.

Le *maître souffleur* est le grand acteur du
drame de la bouteille, et il a conscience de son
rôle important. Il ne travaille que deux heures
d'affilée, puis se repose deux heures, et c'est
justice, car il est difficile de tenir longtemps à
ce feu d'enfer. Ces souffleurs doivent être cuits
jusqu'aux moelles **par l'haleine embrasée de la**

fournaise, et quand on les voit, n'ayant pour tout vêtement qu'une longue robe de cotonnade bleue, s'agiter tout suants devant l'ouvreau, on comprend ce surnom de *hâzıs* que leur ont donné les paysans. Presque tous ont une fière et énergique expression de visage ; la robe qui tombe jusqu'à leurs pieds et les lueurs rouges du creuset aident encore à leur donner un air presque majestueux. L'un d'eux surtout nous a frappés. C'était un garçon de vingt-cinq ans, svelte, élancé, ayant le cou finement attaché, des cheveux châtains bien plantés et frisotant ainsi que la barbe. Sa tournure, ses yeux intelligents, son nez busqué et le fin sourire de sa bouche rappelaient certaines têtes de Léonard de Vinci. Il s'est aperçu qu'il attirait notre attention, et, descendant de sa plate-forme de l'air d'un maître qui va au-devant de ses hôtes, il nous a invités à souffler une bouteille, « si c'était notre plaisir. » Et tandis qu'il parlait, il y avait vraiment dans son geste, dans son accent, dans son port de tête, quelque chose d'aisé, de fier et de chevaleresque qui disait une race de choix et une nature déjà affinée.

Quand nous avons eu soufflé chacun notre

bouteille, nous avons pris congé de nos hôtes
et quitté la verrerie, dont la longue gerbe de
rayons nous a courtoisement reconduits jusqu'à
l'auberge.

12 septembre.

— La verrerie et les verriers m'ont trotté toute
la nuit dans la tête, nous a dit Tristan ce matin,
je n'ai quasi point dormi ; pour occuper les heures d'insomnie et aussi pour me consoler de
n'avoir point retrouvé la *Chanson du Jardinier*,
j'ai rimé des couplets en l'honneur des souffleurs de verre. — Et tandis que nous longions
le village dans la direction du ruisseau, il nous
a récité la *Chanson de la Bouteille :*

> Versez du charbon nuit et jour,
> A plein tas, enfants ! Plus encore !
> Que la fonte, aux bouches du four,
> Soit rouge comme un ciel d'aurore.
> Charbon, fougère et sable fin,
> La forêt donne tout, pour faire
> Ce clair et frêle abri du vin :
> > Le verre.

> Comme au souffle pur d'un enfant
> S'enfle une bulle diaphane,

La bouteille se gonfle au vent
Du verrier soufflant dans sa canne;
Elle sort du moule pesant,
Toute molle encore et vermeille.
Salut! cours le monde, à présent,
          Bouteille!

Froids bordeaux, bourgognes fumeux,
A la couleur pourprée ou blonde,
Quels vins ignorés ou fameux
Chanteront dans ta panse ronde?
Quand un buveur décoiffera
Ta cire vierge, un jour de fête,
Quelle ivresse ensoleillera
          Sa tête!

Quel gîte auras-tu? quel destin
T'attend sur ta route douteuse?
Panier d'argent, comptoir d'étain,
Nappe blanche ou table boiteuse?..
Chez les bourgeois ou chez les gueux,
Quelque part où le ciel t'envoie,
Mets tous les cœurs et tous les yeux
          En joie.

Mais bien plutôt reste avec nous,
Bouteille du pays d'Argonne!
Qu'on te remplisse du vin doux
Chauffé par nos soleils d'automne,
Et qu'en octobre, assis au frais,
Un robuste coupeur de chênes
Te vide en l'honneur des forêts
          Lorraines.

Tout en écoutant les vers de notre ami, nous avons atteint le ruisseau de la Biesme, qui sépare le département de la Meuse de celui de la Marne. A partir du ruisseau, la route de Sainte-Menehould s'élève en serpentant entre deux escarpements boisés, et, à mesure qu'on monte, on voit en se retournant s'élargir un magnifique horizon de forêts. En bas, coupant perpendiculairement la vallée, s'allonge sur deux lignes le village des Grandes-Islettes ; çà et là, aux lisières des bois ou parmi des prés d'un vert foncé, se détachent des îlots de maisons qui dépendent de la commune et portent tous de jolis noms forestiers : — les Senades, le Bois-Bachin, la Noue-Saint-Vanne, les Petites-Islettes. A droite et à gauche, les croupes boisées s'enchaînent ou s'entre-croisent, et, de Clermont à La Chalade, l'œil embrasse une sinueuse ligne de forêts moutonnant sur le ciel d'un bleu doux.

A un tournant de la côte, un paysan qui nous accompagne nous montre des tas de décombres : — Tenez, il y avait là une maison ; les Prussiens l'ont brûlée pour se venger des francs-tireurs qui s'étaient postés dans le taillis et avaient tué un de leurs hommes....

Ah ! les *malabres,* ils nous ont fait bien des maux.

Les Allemands ont occupé ce malheureux pays jusqu'en 1872, et l'ont laissé sous une profonde impression de terreur et d'inquiétude. On ne saurait dire la haine que les gens de l'Argonne ont vouée aux envahisseurs. Aujourd'hui encore ils sont restés en méfiance et en éveil, et les paysans sont tentés de voir dans tout étranger un Prussien. — *Que soit !* a continué notre guide, ils ne sont pas tous retournés chez eux, et plus d'un a laissé sa peau dans nos bois...

Il s'est brusquement interrompu, nous a regardés de côté, — car, en somme, il ne sait pas au juste quels sont ces nouveaux venus, si singulièrement accoutrés, — puis avec cette prudence finaude du paysan lorrain, il a ajouté : — C'est égal, Messieurs, on pensera ce qu'on voudra, moi je dis que faire un coup pareil sur un pauvre soldat égaré, c'est quasiment un assassinat...

Ce sauvage souvenir de la dernière guerre nous a assombris, et nous avons gravi silencieusement ce défilé de l'Argonne, si mal défendu en 1870. Notre humeur ne s'est guère rasséré-

née que sur le plateau, lorsqu'on nous a menés
à la place encore très-visible où, en 1792, le
général Dillon avait établi ses batteries. En ce
temps-là nous avons fait meilleure figure contre
les Prussiens, et les gorges de l'Argonne ont été
cette fois, du moins, suivant le mot de Dumouriez, « les Thermopyles de la France. » Quoi
qu'en dise Dante, dans les jours de tristesse il
y a une amère douceur à se souvenir des jours
prospères. Assis dans l'une des tranchées des
batteries de Dillon, j'ai éprouvé une singulière
consolation à rappeler à mes amis que Gœthe
n'était pas précisément fier en traversant l'Argonne à la suite de l'armée du roi de Prusse, et
je leur ai cité sa description saisissante de la
piteuse retraite des alliés après Valmy [1]. « Le
matin encore, on n'avait songé qu'à embrocher
et à manger en masse tous ces Français ; maintenant on n'osait plus ni se parler, ni se regarder, et, si on s'adressait la parole, c'était pour
maudire cette expédition. Les monts d'Argonne
étaient, depuis Sainte - Menehould jusqu'à
Grandpré, occupés par les Français, dont les

---

[1] Gœthe, *Mémoires*, t. II, édition Charpentier.

hussards continuaient à nous faire une petite
guerre destructive... Malgré les pluies conti-
nuelles, nous manquions d'eau, car les étangs
avaient été rendus insalubres par la quantité de
chevaux qui s'y étaient noyés, Paul, mon élève,
mon domestique et mon fidèle compagnon, re-
cueillait l'eau arrêtée sur le cuir des voitures
pour me préparer mon chocolat, et j'ai vu plus
d'un de mes amis boire dans les trous que les
pieds des chevaux creusaient après eux. » Et
plus loin : « Parmi les paysans réquisitionnés se
trouvaient deux jeunes gens de quatorze à
quinze ans. Forcés de partager nos misères, ils
étaient tristes et désolés ; je leur offris la moitié
du pain de munition que je venais d'acheter à
nos soldats. A ma grande surprise, ils n'en vou-
lurent pas, la faim leur semblait préférable à
une pareille nourriture. Je leur demandai ce
qu'ils mangeaient chez eux ; l'aîné me répondit
aussitôt : — De bon pain, de bonne soupe, de
bonne viande. — Or, comme chez eux tout était
bon, et que chez nous tout était mauvais, je ne
fus nullement étonné lorsqu'on m'apprit qu'ils
s'étaient évadés en nous abandonnant leurs chevaux. Cet incident acheva de me prouver que

les mots *pain blanc, pain noir*, sont un véritable *shiboleth* entre Allemands et Français. »

— Ici Gœthe raisonne à faux, a interrompu le Primitif, le *pain blanc* et le bien-être ne sont pas déjà une si bonne école de patriotisme. C'est parce que nous avions au logis de trop bon pain, de trop bonne soupe et le reste, que beaucoup d'entre nous se sont fait tirer l'oreille pour aller se battre. Les Prussiens, avec leur pain noir et leur saucisse aux pois, n'avaient rien à regretter, eux, et ils marchaient de meilleur cœur en avant, *mit Gott für Vaterland*.

En nous entendant parler de Gœthe et de saucisse aux pois, notre guide a commencé à froncer le sourcil. Nos discours, entremêlés de mots allemands, lui semblaient décidément suspects, et à la descente, au beau premier sentier tournant, il nous a brusquement faussé compagnie.

14 septembre.

Tristan, qui n'abandonne pas facilement les dadas qu'il a une fois enfourchés, s'était arrêté au Neufour, dont l'entrée lui avait paru invi-

tante et où une dizaine de femmes, assises à la
porte d'une grange, écossaient des haricots. Sa
chanson du *Jardinier* lui tenait au cœur, et il
espérait que, parmi ces commères à la langue
bien pendue, il s'en trouverait au moins une
possédant le répertoire des vieilles chansons du
pays. Nous l'attendions au bord de la route,
regardant les brumes courir sur le ciel et de
claires trouées de soleil argenter les toits des
Islettes. Au bout d'une demi-heure, notre poète
est revenu, la mine allongée et les yeux tristement abaissés sur ses opulentes guêtres jaunes.
— O mes amis, a-t-il soupiré, la province s'en
va, la province se meurt! J'ai interrogé ces
femmes en patois; croiriez-vous qu'elles m'ont
répondu en français? Et quand je leur ai parlé
des chansons d'autrefois, elles m'ont ri au nez;
elles ne savent plus que de niaises romances
sentimentales ou des refrains de café-concert.
La couleur locale s'efface, l'accent provincial
se perd, le langage banal de tout le monde
gagne de proche en proche, et chaque jour voit
disparaître un mot du terroir, une coutume,
une originalité. Quand tout aura été noyé dans
la même couleur grise, quel triste logis sera le

monde pour ceux qui vivent de la vie de l'imagination ! La terre aura l'air d'un vaste domaine, racheté après une faillite par des parvenus et des cuistres, qui changeront les parterres en carrés de choux, nivelleront les collines et défricheront les forêts.

— En attendant ce jour néfaste, s'est écrié le Primitif, enfonçons-nous en plein bois et en pleine sauvagerie.

Nous avions justement gagné le Claon, qui échelonne à mi-côte ses maisons blanchies à la chaux, sa petite église et son étroit cimetière ombragé de tilleuls. Derrière l'église, un chemin montant s'engageait dans une des gorges de la forêt, et nous nous sommes hâtés de le gravir pour échapper à la vallée trop civilisée. Un quart d'heure après, la vieille forêt nous enveloppait de toutes parts. Du haut du sentier que nous suivions, nos regards plongeaient dans un entonnoir profond où les grands hêtres semblaient descendre en bataillons serrés. Parfois un rais de soleil tombait dans cet abîme de verdure, et alors, sur les hautes branches pendantes et sur les pentes veloutées de mousse, des traînées de lumière se promenaient lentes

et câlines comme des caresses. — Houp! s'exclama le robuste Éverard de sa voix de stentor.
— Son cri roula joyeusement sous les ramées, et tout au fond de ce puits sonore un écho nous le renvoya en notes affaiblies... Nous étions bien en pleine solitude et l'immense forêt semblait être à nous tout entière.

Nous y marchions allègrement, foulant les herbes humides d'un pied de propriétaire, sans trop nous inquiéter de la direction de notre sentier ni de l'état du ciel, qui était redevenu brumeux. Nous avions fait une lieue à peine, quand la tranchée où nous cheminions a débouché sur une large route forestière. Herbeuse et coupée d'ornières profondes, elle s'enfonçait droit dans la forêt en suivant le sommet du plateau. Nous la voyions s'allonger à perte de vue, se rétrécissant peu à peu, et finissant par s'effacer dans une buée verdâtre.

— C'est la Haute-Chevauchée, nous a dit Tristan.

— En effet, la voilà marquée sur la carte, mais d'où lui vient ce nom plein de couleur ?

— Tous les trois ans, les officiers de l'abbaye de Beaulieu parcouraient jadis cette route pour

procéder à la visite des chemins, dont l'entretien était à la charge des habitants de la forêt,
et cette tournée seigneuriale s'appelait la *haute
chevauchée.* En suivant cette avenue dans la
direction du nord, nous atteindrons un carrefour qui se nomme la *Pierre-Croisée,* et dont l'un
des embranchements nous mène à Varennes.

Nous nous sommes remis en marche; mais le
soleil, qui pendant un moment avait fait mine
de nous sourire, nous a tout à coup faussé
compagnie, et, quand nous avons atteint la
Pierre-Croisée, une pluie fine s'est mise à tomber. A partir de cet endroit, le chemin est
devenu une simple coulée ou plutôt un raide
escalier, resserré entre deux talus de grès, où
des genêts et des bouleaux formaient un fris-
sonnant berceau. La descente était pénible,
mais en revanche cet escalier tournant en
plein bois était d'une sauvagerie charmante. De
temps en temps, des échappées nous laissaient
voir la vallée de l'Aire noyée de brumes transparentes, et un horizon de côtes bleuâtres, à
l'extrémité desquelles le bourg de Montfaucon
se dressait comme une forteresse sur sa colline
en pain de sucre.

Enfin, à travers les hachures de la pluie, nous avons aperçu Varennes, et nous y avons pénétré en longeant une place mélancolique et silencieuse, plantée de tilleuls et bordée de vieux logis aux volets hermétiquement clos. Comme nous passions devant une église dont le pignon démantelé domine la grand'rue, Tristan a ralenti le pas. — Tenez, a-t-il dit, il y avait ici autrefois un passage voûté, et c'est sous cette voûte que, dans la nuit du 21 au 22 juin 1791, Louis XVI a été arrêté avec sa famille. Voyez-vous, en face de cette officine d'apothicaire, une maison basse dont la façade a été rebâtie en pierres neuves? C'était le logis de l'épicier Sauce, chez lequel la famille royale passa le reste de la nuit, tandis que dans les villages environnants le tocsin sonnait à toute volée et que les dragons de M. de Damas refusaient de monter à cheval pour sauver le roi.

Ce bout de rue où est venue sombrer la royauté a encore aujourd'hui une physionomie de coupe-gorge. Entre deux rangées de masures trapues et noircies, la chaussée en pente semble brusquement murée par une rue transversale qui la coupe à angle droit, dans la direction du pont, et dresse en face d'elle une ligne de pignons à mine revêche. Nous avons traversé le pont jeté sur l'Aire, et nous sommes entrés à l'*Hôtel du Grand-Monarque*, dont l'enseigne ironique grince au vent à deux pas de l'endroit où la monarchie a été si rudement malmenée. Nous étions affamés. On nous a servi à déjeuner dans une petite salle dont la fenêtre ouverte donnait sur la place de l'église. Tout en mangeant, nous ne pouvions nous distraire de la pensée de cette dramatique nuit du 21 juin 1791, et nous nous sommes remis à discourir sur l'arrestation de Louis XVI.

— Ce qui m'étonne, a commencé le Primitif, c'est que dans ce pays plein de gentilshommes verriers, tous fervents royalistes, il ne se soit pas trouvé dix hommes résolus pour envahir la boutique de M. Sauce et enlever le roi à la barbe de la municipalité de Varennes.

— Oui, a répondu Tristan, il semble qu'il n'y avait rien de pius facile : les gardes nationaux n'étaient pas gens d'humeur belliqueuse ; la municipalité, ahurie à l'aspect de cette famille royale qui lui tombait sur les bras, était tout d'abord effrayée et hésitante, et pourtant rien n'a été fait. On eût dit qu'il y avait là une sorte de fatalité inéluctable et qu'il était écrit que la royauté viendrait s'effondrer entre Sainte-Menehould et Varennes. La famille royale avait commencé par perdre une demi-heure à Clermont, et ce retard a permis à Drouet fils d'arriver à Varennes avant les voitures et d'y jeter l'alarme ; puis, remarquez cet assemblage de coïncidences fâcheuses : cette compagnie de dragons qui tourne casaque, cette municipalité effarée et obséquieuse qui s'incline devant la majesté royale et qui cependant la retient prisonnière...

— Ne crois-tu pas, ai-je dit à mon tour à Tristan, que dans l'enchaînement des faits historiques on trouve parfois la main d'une mystérieuse Némésis?

— A propos de **quoi** me demandes-tu cela? a répliqué mon ami en **écarquillant** ses yeux bleus.

— Tu vas voir. Écoute d'abord ce récit qui est de point en point historique (1). Au XVIIe siècle, il y avait à Sainte-Menehould un con-

---

¹ *Histoire de Sainte-Menehould,* par Cl. Buirette, 1837.

seiller du roi qui était protestant et se nommait
Louis de Marolles. C'était un homme paisible et
studieux, marié, père de quatre enfants. Il
vivait fort honorablement dans sa petite ville,
s'occupant de mathématiques et de musique,
et, bien qu'il fût un calviniste fervent, comme il
descendait d'une ancienne famille champenoise,
il était fort estimé et aimé dans son pays. En
1685, Louis XIV révoqua l'édit de Nantes, et les
rigueurs qu'on exerçait dans toute la France
contre les protestants n'épargnèrent pas ceux
de Sainte-Menehould, qui formaient un bon
tiers de la population. On se mit à les persécuter
légalement, et leur temple fut démoli. Quelques-
uns abjurèrent, beaucoup prirent le parti de
s'expatrier, et de ce nombre fut Louis de Marolles. Il s'enfuit avec sa famille vers la frontière
allemande, mais au moment où il allait passer
le Rhin et où il ne lui fallait plus pour être
sauvé qu'une demi-heure de répit, — note ce
détail, — les gens du roi l'arrêtèrent et le
jetèrent dans une prison de Strasbourg. Sa fuite
et son arrestation avaient fait quelque bruit à la
cour. On lui fit dire qu'il fallait abjurer, et on
lui envoya le père Dez, recteur des jésuites. Il

refusa de l'entendre. Irrité par cette obstination, le ministre Louvois donna l'ordre de commencer le procès. On voulait un exemple capable d'intimider ceux qui auraient été tentés d'imiter la ferveur de ce huguenot. Le 9 mars 1686, Marolles fut condamné à « servir le roi à perpétuité comme forçat dans ses galères », et ses biens furent confisqués. Le 14 mars, il fut transféré à la Conciergerie, et on vint le prévenir de nouveau, de la part de Sa Majesté, qu'il lui serait fait grâce s'il voulait se laisser catéchiser. — « Je trouve, répondit-il, ma religion bonne et préférable à toute autre. C'est, à mon avis, tenter et offenser Dieu que d'abandonner une religion que l'on aime, et je mourrai martyr de la mienne. » — Dans l'intervalle, le parlement de Paris avait confirmé la sentence des premiers juges, mais en même temps, le président et le procureur-général s'étaient chargés de représenter à Louis XIV les circonstances de l'affaire et le mérite de l'homme ; le roi fut inflexible, et répondit *qu'il ne voulait pas faire d'exceptions.*

Alors il n'y eut plus ni répit ni pitié pour cet hérétique endurci. On lui mit les fers aux mains et au cou, et, le 20 juillet suivant, on le dirigea

sur Marseille avec la chaîne des galériens. En
arrivant, il était exténué et on fut obligé de le
laisser à l'hôpital ; mais, dès qu'il fut rétabli, on
le fit monter sur une galère et on l'y enchaîna
jour et nuit. Les lettres qu'il put écrire de là à
sa femme et à ses enfants sont à la fois navran-
tes et sublimes. Quelques-unes furent intercep-
tées et montrées au roi. Louis XIV resta impla-
cable. Il est même probable que la cour donna
de nouveaux ordres pour que la peine de M. de
Marolles fût aggravée ; on voulait le pousser à
bout et briser son orgueil. Il fut tiré des galères
et jeté dans un des cachots de la citadelle ; ce
fut sa dernière épreuve. Après six années de
tortures entre quatre murailles humides où ses
habits pourrissaient et tombaient en lambeaux,
il mourut à cinquante-six ans, le 17 juin 1692.

Eh bien ! voici ce que j'appelle la Némésis de
l'histoire : — Un peu moins d'un siècle après la
mort de Marolles, presque jour pour jour, l'ar-
rière-petit-fils de ce roi, « *qui ne voulait pas
faire d'exceptions,* » était reconnu par Drouet à
Sainte-Menehould, dans la ville natale de Louis
de Marolles, puis arrêté à Varennes par suite
d'un retard d'une demi-heure, et ramené au

milieu d'une foule ameutée et hurlante dans ce même Sainte-Menehould, qui fut pour lui la première étape vers l'échafaud de la place de la Révolution. On ne m'ôtera pas de l'esprit que Louis XVI, à Varennes, a payé la dette du grand roi.

— Oui, c'est étrange, a murmuré Tristan, en tirant de larges bouffées de sa pipe, tandis que ses yeux rêveurs erraient sur la place de l'église. — Tout à coup il s'est levé en agitant les bras et en donnant les signes d'une vive émotion.

— Calme-toi, ai-je repris, doucement flatté néanmoins de voir à quel point mon récit l'avait agité.

— Mon cher, s'est-il écrié d'une voix étranglée, c'est elle!

— Qui, elle? ai-je murmuré avec humeur.

— Elle!... ma chanteuse... Franceline!

Sans même daigner ajouter un mot d'explication, il a enjambé la fenêtre et s'est élancé sur la place.

Le même jour, neuf heures du soir.

Au bout d'une demi-heure, Tristan est rentré

à l'auberge, encore tout échauffé de sa course.

— Eh bien? lui ai-je demandé.

— Eh bien! mon cher, je l'ai manquée de deux minutes. Au moment où j'ai tourné l'angle de la rue, elle montait en voiture. Je suis resté stupide au milieu de la chaussée. J'aurais dû crier: « Franceline, c'est moi, c'est Tristan! » Une sotte peur m'a retenu, et pendant ce temps la voiture a filé sur la route de Clermont.

— Était-ce véritablement ta Franceline? En somme, tu ne l'as aperçue que de dos. Songe que depuis vingt ans elle a dû passablement changer de figure et de tournure. N'as-tu pas été trompé par une fausse ressemblance?

— Je me suis fait toutes ces objections pendant que je courais, et en même temps une voix intime me disait : C'est bien elle, c'est sa démarche et son air de tête. Elle avait jadis une façon leste et élégante à la fois de rassembler les plis de sa jupe en marchant; eh bien! elle a fait ce même geste familier avant de monter dans la voiture.

— Et tu n'as pas questionné les gens du bureau de la diligence?

— Si fait. J'ai demandé comment s'appelait

cette voyageuse. On m'a d'abord toisé des pieds
à la tête, puis on m'a murmuré un nom inconnu.
Du reste ces gens ne savaient rien, sinon que
la jeune dame était en visite chez des parents,
du côté de Beaulieu. Un moment, j'ai été tenté
de suivre la voiture à la course, mais c'eût été
une folie, et d'ailleurs la route était trop mauvaise.

— Console-toi, nous fouillerons la forêt de
Beaulieu, et peut-être y rencontreras-tu ta
Franceline, errant au bord d'une clairière,
comme la Rosalinde de Shakspeare dans la
forêt des Ardennes...

Après avoir payé notre écot, nous avons repris
le chemin de La Chalade. Tandis que nous es-
caladions, avec la pluie dans le dos, les gradins
de la coulée qui mène à la Haute-Chevauchée,
j'ai mis le Primitif et son frère au courant des
préoccupations de Tristan, et je leur ai conté
l'histoire de la chanson du *Jardinier*.

— La chanson du *Jardinier*, a dit Éverard,
attendez donc, ne commence-t-elle pas par ces
vers?

> Un jardinier de bonne mine
> Était épris d'une beauté;

Pour une fois qu'il a manqué
        A son devoir,
Il a laissé sa belle amie
        Au désespoir.

— Oui, s'est écrié notre ami halctant, c'est
bien cela... Après?

— Je n'ai jamais su que ce couplet. La vieille
servante, qui me le chantait dans mon enfance,
disait aussi une autre chanson qui m'est restée
dans la mémoire, à cause de son tour original.

— Et de sa voix éclatante il a entonné les couplets suivants :

L'avant-veille de mes noces,
Ah! grand Dieu, que la nuit dura!
Je croyais qu'il était jour,
Aussitôt je me leva.

Je mis la tête à la fenêtre ;
C'était la lune qui était là.
Je croyais qu'il était jour,
Les onze heures n'y étaient pas.

— Belle lune, ô belle lune,
Que n'avances-tu d'un pas?
Si j'avais mon arbalète,
Je te jetterais à bas.

Il y a en effet dans ces vers toute l'impatience
ingénue et passionnée d'un amoureux de vingt

ans ; mais écrire ces chansons sans l'air, c'est revoir, un jour de pluie, un paysage qu'on a admiré par une matinée de soleil. — Nous nous sommes mis à disserter sur les chansons rustiques et à rechercher pourquoi, malgré leurs rimes indigentes, leurs allures heurtées et leurs couplets décousus, elles ont un charme si puissant.

— C'est, a dit le Primitif, le charme même de la vie rustique dans laquelle elles entrent comme élément. Remarquez qu'elles perdent presque toute leur saveur quand on les lit froidement dans un livre. Il faut les entendre chanter en plein air par une robuste voix de paysan. Alors elles s'harmonisent avec la lumière, le gazouillement des oiseaux, le claquement des fouets, l'odeur des blés et des foins ; toutes ces choses de la nature sont l'accompagnement obligé d'une chanson rustique.

— C'est vrai, a repris Tristan, cela me rappelle une impression de printemps que j'ai eue à l'ombre d'un pommier en fleur où bourdonnaient des milliers d'abeilles. Non loin de moi, un jeune laboureur qui poussait sa charrue, chanta lentement ces cinq vers :

> Rossignol sauvage,
> Rossignolet des bois,
> Apprends-moi ton langage,
> Apprends-moi la manière
> Dont on se fait aimer !

Pourquoi cette chanson m'émut-elle jusqu'aux larmes? Ce n'était pas le charme de la voix rude et sans art du laboureur; ce n'était pas non plus la poésie très primitive des paroles. Non, mais c'était tout: mon joli pommier, le doux soleil, tant d'alouettes dans l'air, tant de bourdonnements d'abeilles, et la voix lointaine de ce paysan. J'étais en paradis. Cette glorieuse matinée, j'en ai couché l'impression dans l'herbier de mes souvenirs, et cette chanson du laboureur est comme le signet qui m'aide à en retrouver la place.

Tout en causant, nous descendions le sentier de La Chalade, — un ravin encaissé dans de hauts talus sablonneux qu'égaient çà et là une touffe de bruyères, une cépée de houx, un bouleau échevelé; — et nous continuions d'entremêler notre causerie de lambeaux de chansons. Dans ce couloir sonore, la voix puissante d'Éverard semblait avoir doublé de volume. Tout à

coup à notre complainte ont répondu comme
un écho les notes traînantes d'une autre chanson rustique, rhythmée par des claquements de
fouet et des tintements de *sonnailles*. Au-dessus
du talus d'un chemin latéral, nous avons vu
pointer les deux longues oreilles d'une bête de
somme; un mulet, grelot au cou, a débouché
dans le ravin, puis dix autres l'ont suivi, et
toute cette procession a défilé devant nous, es-
cortée par deux conducteurs en blouse bleue.
— Ce sont des *brioleurs,* nous a dit Tristan.

Dans ces bois escarpés, où les routes forestières sont rares et où les sentiers ressemblent
presque tous à des escaliers, les charrois se font
pour la plupart à dos de mulet. De là, l'industrie des *brioleurs* qui conduisent aux verreries
le charbon, la fougère et le bois de chauffage.
C'est un métier qui ne rapporte pas de gros bé-
néfices, mais qui n'exige pas non plus de grandes mises de fonds. Les conducteurs couchent à
la belle étoile et les mulets trouvent dans le
bois le vivre et le couvert. Ce sont de braves
bêtes, ne bronchant jamais sous les charges les
plus pesantes, et connaissant si bien les moindres sentes de la forêt que, souvent, on les

laisse revenir seules de la verrerie à la *vente*.
Le mulet, qui est le chef de la bande et dont le
cou est orné d'une maîtresse clochette, prend
la tête du convoi, et les autres suivent docile-
ment à la file.

Nous avons fait comme eux, et, nous mettant
à la queue leu leu, nous avons suivi les *brioleurs*
jusqu'à l'entrée de La Chalade. Le village qui
descend en désordre vers la vallée de la Biesme
semblait noyé dans les masses forestières qui
le pressent de toutes parts. Quelques rumeurs
d'étable et quelques cris d'enfants montaient à
peine jusqu'aux vergers où nous nous étions arrêtés. Un rayon de soleil perça les nuées et fit
scintiller les toits mouillés.

— Si je commençais un bout d'étude! s'est
écrié le Primitif, en déballant sa boîte à couleurs. — Puis, avisant une vieille femme qui menait sa vache le long d'une haie, il lui a demandé s'il n'y aurait pas moyen de se procurer
une chaise dans le village.

Après quelques façons, la bonne femme a
confié sa vache à un gamin, et elle est allée
quérir la chaise désirée, mais en l'apportant,
elle a jeté un coup d'œil inquiet sur la toile et

la boîte à couleurs. — Ce n'est pas pour nous ramener les Prussiens, au moins, a-t-elle dit, que vous tirez les plans de notre village ?

Toujours cette préoccupation du Prussien ! Elle empêche positivement ces bonnes gens de manger et de dormir en paix.

Pendant que le Primitif *enlevait* rapidement son étude, nous sommes descendus jusqu'à l'église, qui date du XIV⁰ siècle et qui dépendait jadis de l'abbaye de La Chalade. La grande nef a été détruite, il ne reste debout que l'abside, haute et solennelle encore, malgré ses parois verdies et ses vitraux brisés. Çà et là, contre les murs ruisselants d'humidité, se dressent des boiseries sculptées et d'énormes pierres tombales où sont gravés des chevaliers aux mains jointes et au casque baissé. Dans l'angle formé par l'église et les anciens bâtiments abbatiaux, est blotti le petit cimetière du village. Nous sommes restés jusqu'à la nuit dans ce coin verdoyant où les larmes de la dernière pluie s'égouttaient doucement dans la feuillée des sureaux. Les fosses, couvertes de folles avoines et d'armoises, laissent à peine deviner leurs croix de bois noir; dans un angle, à l'écart, s'élèvent les pierres funéraires de quatre ou cinq gentilshommes verriers. Même après la mort, les *hâzis* ont voulu tenir les *sacrés-mâtins* à distance, et une balustrade de fer protège leurs tombes ornées de longues épitaphes...

16 septembre.

Ce matin, là pluie fouette les carreaux avec une persistance désespérante. Les contours de la forêt ont disparu dans la vapeur, et nous fumons silencieusement devant le feu de l'auberge. Dans la salle voisine, des verriers qui font le samedi se chamaillent autour du billard. Le bruit sec des billes d'ivoire nous arrive, mêlé au bourdonnement des mouches contre *l* vitre et au clic-clac des sabots de notre hôte en train de préparer le déjeuner. De temps en temps, les portes s'ouvrent, une rafale humide nous vient de la rue, la cheminée fume et nous entendons le tintement grêle des *sonnailles* d'un convoi de mulets trottant sur la route détrempée. C'est navrant.

— A propos, dit Éverard, savez-vous qu'il y a eu ici une faïencerie célèbre?... Toutes ces fa-

meuses faïences *révolutionnaires* sortent de la
fabrique des Islettes.

— Bah ! répond le Primitif en bâillant, depuis
qu'on s'est engoué de la faïence et qu'il n'est si
petit bourgeois qui ne pende à son mur deux
ou trois plats ébréchés, toutes ces poteries me
laissent indifférent. Tes assiettes *révolutionnaires* ont surtout le don de m'agacer avec leurs
canons lilas, leurs coqs et leurs vilains bons-
hommes couleur chocolat qui crient : *Vive la
nation !*

Notre hôte s'est senti froissé dans son orgueil
local. — Les Islettes ne fabriquaient pas que
ces assiettes-là, a-t-il répliqué ; si ces messieurs
veulent pousser jusqu'à la maison du charron,
ils verront dans sa cuisine tout un dressoir
garni de belles pièces, comme on n'en fait plus
nulle part. Des savants sont venus de Verdun et
de Paris pour les regarder, et ils ont offert des
mille francs au charron s'il voulait les vendre,
mais le vieux y tient comme à ses yeux et ne
veut s'en défaire ni pour prix ni pour somme.

— Au fait, la pluie menace de durer ; si nous
allions voir les assiettes ?

On nous a conduits après déjeuner chez le

charron. Dans une cuisine proprette, devant un clair feu de ramilles, un bon vieux et une bonne vieille étaient assis de chaque côté de la cheminée. La femme avait le casaquin et le bonnet ruché des paysannes meusiennes, le mari portait un gilet de laine brune, et son bonnet de coton bleu encadrait une petite figure ridée et futée où pétillaient deux yeux encore très-vifs. La flamme de l'âtre éclairait ces deux visages antiques, en même temps qu'elle jetait des touches lumineuses sur les marmites de cuivre alignées par rang de taille, et sur le précieux dressoir où les faïences étaient disposées avec amour.

— Bonjour, père Baptiste, dit notre hôte, voici deux messieurs qui désireraient voir vos plats.

— Faites, Messieurs, a répondu le bonhomme en se soulevant à demi de dessus sa chaise, regardez à votre loisir... On irait loin maintenant avant de retrouver les pareils!

La collection du charron était en effet fort curieuse. On ne connaît guère la faïence des Islettes que par quelques échantillons communs; mais toutes les vaisselles du dressoir étaient des pièces de choix, fabriquées sous le premier empire, à l'époque ou la faïencerie de Bernard, du Bois des Penses, était en pleine prospérité. Presque toutes les peintures de ces plats représentent des scènes rustiques, familières et parfois légèrement égrillardes : — un paysan occupé à scier du bois, un grenadier pressant la taille d'une baigneuse court-vêtue, des fruits et des fleurs du pays s'échappant d'une corne d'abondance. — Le dessin en est assez pur, les tons un peu pâles, mais très-harmonieux. Au point de vue de la décoration, on peut classer ces faïences en deux catégories distinctes, correspondant à deux systèmes de coloration qu'on appelle dans le pays le *bleu* et le *réverbère*. Le *bleu* s'employait surtout pour les dessins d'ornement et de fantaisie ; le *réverbère*, où les tons rouges dominent, était spécial aux faïences à personnages. L'une de ces dernières nous a paru particulièrement curieuse ; elle représente deux personnages antiques à la tunique flottante, se livrant à une pyrrhique grotesque qui rappelle étonnamment les contorsions de Calchas dans la *Belle-Hélène*. A côté, je remarquai un plat à barbe au fond duquel était peint un jeune paysan à la figure rasée et à la chemise entr'ouverte.

— Ceci, c'est mon portrait, fit le bonhomme en souriant ; il n'est plus guère ressemblant tout de même, ayant été peint la semaine d'avant mon mariage. Ce jour-là, le décorateur de Bernard me dit : Baptiste, il faut que je tire votre ressemblance sur un de mes plats. — Avec plaisir, repartis-je, — et le propre jour de mes noces, au moment où on partait pour la messe, il m'a apporté le plat que voici... Tu t'en souviens, Lélette ?

— Oui bien, ma fi ! reprit la petite vieille, même qu'il pleuvait tout comme aujourd'hui, et que je me faisais un *mauvais sang* à l'idée que je ne serais jamais prête, parce que vous n'en finissiez pas de virer autour de mes cotillons.

— C'est que sous vos cotillons, notre Lélette, il y avait un *mout*[1] joli brin de fille, et ça me faisait venir l'eau à la bouche de penser que vous alliez devenir notre femme.

— Ah ! il y a beau temps de cela ! dit la bonne femme en croisant ses mains sur son

[1] *Mout,* en patois meusien, *beaucoup, très,* du vieux français *moult.*

19

giron, et vous ne seriez mie si impatient à cette heure, Baptiste !

— A cette heure comme alors, répliqua-t-il avec un joyeux sourire qui plissa toutes les petites rides de sa figure.

La bonne dame se mit à rire à son tour en fourrageant dans les poches de son *devantier* (tablier). Et j'admirais cette brave femme qui aidait cet homme à vieillir gaîment, et ce brave homme qui, en échange, allongeait doucement la vie de sa femme. Je savais gré à toutes les jolies faïences du dressoir de leur rappeler les évènements de leur jeunesse passée. Je comprenais maintenant que le vieux couple refusât de les vendre. Chacune de ces assiettes avait vu le jeune charron, pimpant et amoureux, faire la cour à sa ménagère, alors dans toute la fraîche beauté de ses vingt ans. Leurs images naïves avaient réjoui les deux époux pendant le long chemin qu'ils avaient fait côte à côte à travers la vie. Je formais tout bas le vœu qu'ils s'en allassent le même jour, comme Philémon et Baucis, unis dans la tombe comme ils l'avaient été sur la terre, et je me disais : C'est pourtant une bonne chose qu'une bonne femme!

Je fus tiré de mes réflexions par une exclamation de Tristan, qui tenait dans ses mains un
grand plat ovale. Sur ce plat était peint un jardinier en galant déshabillé rose, occupé à bê-
cher un vert jardinet, tandis qu'un petit Amour
nu lui décochait une flèche; au bas, il y avait
deux portées de musique avec ces vers :

> Ah! si l'amour prenait racine,
> J'en planterais dans mon jardin.
> J'en planterais si long, si large
> Aux quatre coins,
> Que j'en donnerais à toutes les filles
> Qui n'en n'ont point.

— Mais c'est un des couplets de ma chanson!
s'écriait Tristan en dévorant des yeux la faïence.

— La chanson du *Jardinier*, a repris le bonhomme, je la connais, on la chantait dans mon
jeune temps.

— Vous la savez encore?

— Oh! nenni, il y a trop longtemps de ça, et
je l'ai oubliée; mais il y a une petite nièce de
ma femme qui la sait tout au long et qui la
chante bien gentiment.

— Et votre petite nièce demeure aux Islettes,
n'est-ce pas?

— Non, Monsieur; elle s'est mariée en Champagne, mais son oncle est garde forestier dans la forêt de Beaulieu, et elle vient de temps en temps faire un tour dans le pays... Ah! elle a une bien jolie voix, la Franceline, n'est-ce pas, Lélette?

— Franceline ! — Tristan a failli laisser tomber la précieuse faïence, tant il était ému, et j'ai été obligé de la lui enlever des mains.

17 septembre.

Nous avions résolu de ne pas manquer le pèlerinage qui aura lieu lundi, en pleine forêt de Beaulieu, à l'ermitage de Saint-Rouin, et nous nous sommes décidés à aller coucher à Futeau pour être tout portés le lendemain. Cette portion de l'Argonne est plus intéressante encore que celle qui descend vers La Chalade. Les prés y sont plus accidentés et plus verts ; les lisières qui les bordent, plus riches en beaux arbres de toute essence. A mesure qu'on avance, le regard se repose sur des hameaux blottis aux marges de la forêt. Ici, les Senades avec leur vieille verrerie ; là, la Contrôlerie avec ses chaumières basses

et lézardées. Entre ces deux hameaux, la vallée
a l'aspect à la fois intime et solennel d'un parc
centenaire ; les pelouses mamelonnées, coupées
par des bouquets de frênes, descendent mollement vers la Biesme, dont la rive opposée est
ombragée par de magnifiques arbres de lisière :
chênes, hêtres et charmes, étendant royale-
ment vers la prairie leurs ramures majestueuses. Entre leurs fûts grisâtres on aperçoit le
pelage fauve des troupeaux de vaches qui paissent sous bois, et sur les talus de la rivière
s'épanouit une riche végétation de fleurs au-
tomnales.

Le temps s'était remis au beau ; l'air était
tiède, le soleil se montrait par intervalles et
nous envoyait des flambées de rayons ; la terre
détrempée par la pluie fleurait bon, comme sent
bon le pain chaud sortant du four. Tristan,
chez qui les faïences du charron avaient ravivé
le désir de retrouver sa chanson et de revoir
Franceline, était mélancolique et nerveux, avec
des intermittences de fièvre. Comme toujours
en pareil cas, son effervescence se traduisait
en effusions et en dithyrambes. A la vue des
fleurs d'automne qui foisonnaient sur les talus,

12.

il est devenu tout à fait lyrique et s'est mis à apostropher les buissons : — Vous êtes heureuses, vous, les fleurs! s'est-il écrié en caressant de ses longs bras les tiges épanouies, qu'avez-vous à craindre? L'humidité d'une ondée ou le pied des troupeaux qui passent?... Le lendemain vous repoussez de plus belle. Jamais vous n'avez inspiré un sentiment de haine ou de douleur. Qui vous regarde sourit, et qui vous respire est charmé. Vous vous perpétuez d'année en année par vos graines; mais nous?... nos plus doux soleils sont inquiets et nos jours les plus purs ont des nuages menaçants. Si loin que nous voyions, nous sommes tristes de ne pouvoir pousser notre regard au delà. Vous restez où vous êtes nées; nous, nous voyageons comme des malades condamnés qui nulle part ne retrouveront leur santé perdue. Fleurs immobiles et muettes, étranges et charmantes formes, joie de la vue et de l'odorat, je vous envie!

— *Amen!* a répondu le Primitif; seulement, mon bon Tristan, votre homélie est venue trop tôt. Il fallait la réserver pour demain, quand la procession des pèlerins s'agenouillera devant l'ermitage. En y ajoutant deux ou trois phrases en l'honneur de saint Rouin, je vous assure que vous produiriez un bel effet sur l'auditoire.

— Saint Rouin! a grommelé Tristan, vexé, savez-vous seulement, profane que vous êtes, ce que c'était que saint Rouin?

— Je l'ignore absolument.

— C'était l'apôtre de l'Argonne, ni plus ni moins, et le fondateur de l'abbaye de Beaulieu.

Là-dessus Tristan s'est longuement étendu sur l'histoire de son saint, dont voici en substance les traits les plus originaux : — Rouin ou Rodinge était un moine irlandais du vii° siècle. Poussé par le désir d'évangéliser, et suivant l'exemple des moines de son pays, qui, « pareils, dit saint Bernard, à des essaims d'abeilles, inondaient toutes les contrées de l'Europe, » il passa le détroit avec son disciple Étienne et, traversant les Ardennes, vint à Verdun près de son maître en théologie, l'évêque Paul. Pris de l'amour de la retraite, il visita les profondes vallées de l'Argonne, qui lui rappelèrent la solitude de sa verte Érin, et résolut de répandre la semence de vérité parmi les populations sauvages qui s'y étaient abritées. Beaulieu, avec son promontoire planté de chênes qui regar-

dent au loin les plaines du Barrois, lui sembla
un emplacement à souhait pour un monastère.
Il pensa sans doute que toute terre vierge appartient à Dieu, et sans plus s'inquiéter de la
question de propriété, ses disciples et lui se
mirent à l'œuvre, défrichèrent un coin de forêt,
y bâtirent des cabanes et y plantèrent la croix ;
mais cette façon d'agir ne fit pas l'affaire d'un
certain seigneur Austrésius, qui était propriétaire du territoire de Beaulieu ; la nouvelle de
cette usurpation le mit violemment en colère ;
il somma les intrus de déguerpir, et, exaspéré
par la résistance passive des moines, il leur envoya des gens d'armes qui les expulsèrent de la
forêt à coups de fouet. Rouin, meurtri et marri,
« tourna, dit son historien, son affliction vers le
ciel et vers Rome, et s'en alla visiter les tom-
beaux des apôtres Pierre et Paul [1]. » Alors la
dextre de Dieu s'appesantit sur Austrésius ; ses
troupeaux furent décimés par la peste, ses enfants moururent dans ses bras, lui-même tomba
dangereusement malade, et ses serviteurs épou-
vantés l'abandonnèrent. Il reconnut la main qui

---

[1] *Vie de saint Rouin,* par l'abbé Didiot. Verdun, 1872.

le frappait, se repentit, fit pénitence, et ce fut dans ces dispositions que le surprit le retour de Rodinge.

Celui-ci revenait de Rome réconforté et armé du don des miracles. Il n'avait qu'à planter son bâton en terre pour en faire jaillir des sources, et qu'à imposer sa main sur les malades pour les guérir. Austrésius le supplia de venir à son aide ; Rodinge accourut, fit sur le moribond le signe de la croix, et lui rendit force et santé. Austrésius ne fut point ingrat ; il donna au moine cette terre de Beaulieu, d'où il l'avait jadis si brutalement expulsé. « Le temps de semer dans la tristesse et les larmes était passé; celui de moissonner dans la joie était venu. » Bientôt le monastère dressa au sommet du plateau sa riche église et ses cloîtres en arcades, sous l'invocation de saint Maurice.

Mais il n'est point de parfait sanctuaire sans une authentique et vénérable relique. Saint Rouin résolut de s'en procurer une qui fût précieuse entre toutes et assurât à son abbaye une féconde source de miracles. Il y avait aux pieds des Alpes du Valais un célèbre monastère, celui d'Agaune, où l'on conservait les ossements du

chef de la légion thébéenne, saint Maurice. Au
retour d'un second voyage à Rome, saint Rouin
s'y arrêta. « Brûlant, dit son historien, du
désir de posséder une des reliques du saint, il
s'adresse secrètement au prévôt de l'abbaye, le
touche par son éloquence et lui promet en retour de riches offrandes. » Ce prévôt, ou plutôt
l'un des gardiens de l'église, céda à ces arguments *irrésistibles*. « La nuit suivante, poursuit
le panégyriste [1], car ils redoutaient l'un et
l'autre la douleur et l'opposition des moines
d'Agaune, ils vont au tombeau du martyr.
L'abbé de Beaulieu y dépose ses présents et
reçoit l'os de l'avant-bras de saint Maurice...
Et avant que les regrets et les plaintes des religieux aient pu les entraver, nos pèlerins se
hâtent de quitter le Valais. »

— Ho! ho! s'est écrié l'incrédule Éverard,
savez-vous bien qu'aujourd'hui votre saint serait
condamné aux travaux forcés pour vol sacri-

---

[1] *Vie de saint Rouin,* par l'abbé Didiot.   Manuscrit du
bienheureux Richard. — *Vita sancti Roding.* « Auri pon-
dus numerum excedens repromittit... os brachii a cubito
quidquid usquam est gemmarum vel auri pretiosius re-
cipit; moxque imperat suis fugam accelerare » (p. 535).

lège, commis nuitamment à l'aide d'effrac-
tion?

— C'était une fraude pieuse, a répondu sèche-
ment notre ami ; elle était justifiée par la sain-
teté du but, et les Bollandistes l'excusent en al-
léguant l'usage fréquent et la bonne foi de ces
sortes de marchés [1]. D'ailleurs, *omnia sancta
sanctis*, et ce qui prouve que ce larcin ne fut pas
mal vu d'en haut, c'est que l'abbé revint sain et
sauf à Beaulieu, au milieu des acclamations des
fidèles émerveillés. Le nouveau monastère était
fondé sur des bases solides, et sa prospérité
s'accrut promptement. Du vivant même de saint
Rouin, l'abbaye possédait déjà sept cent soixante-
dix *manses* ou petites métairies. — Lorsqu'il vit
son œuvre accomplie, l'ancien ermite se prit à
regretter le premier calme de son désert. Il ré-
signa son autorité dans les mains de son disciple Étienne, et se retira dans un vallon de la
forêt, qui a porté depuis son nom. On l'appelait alors Bonneval, la *bonne vallée*. L'eau des
sources et les fruits sauvages suffisaient à sa

---

[1] « Hujusmodi sacrarum reliquiarum emptiones, ab an-
tiquis frequenter factæ, bona eorum fide excusandæ sunt. »
(*Acta Sanctorum*, t. XLIVᵉ, p. 519.)

subsistance. « Parfois, dit son pieux panégyriste Richard, il revenait secrètement pendant
la nuit à sa chère abbaye ; il la visitait doucement
pour corriger les négligences qu'il pouvait y remarquer, et quand le chant du coq ou l'étoile
du matin l'avertissait de l'approche de l'aurore,
il s'éloignait inaperçu dans les gorges de la
forêt. » C'est là qu'il mourut, à quatre-vingt-six
ans, le 17 septembre 680, et c'est là qu'une chapelle s'élève aujourd'hui, près d'une source miraculeuse, qui est visitée à chaque anniversaire
par de nombreux pèlerins.

Tristan s'arrête pour reprendre haleine. Éverard, qui est sceptique jusqu'aux moelles, en
profite pour entamer un réquisitoire contre les
superstitions locales et contre ce culte des sources qui revient à la mode.

— Superstitions tant que vous voudrez, riposte
Tristan ; mais il y a oreilles et oreilles, et il faut
de la musique pour toutes les oreilles. Je place
la superstition au même rang que la musique
grossière, aux sons de laquelle les nègres dansent et s'exaltent. C'est de la pâte sucrée, enveloppée d'un gros papier d'or et d'azur, mais
c'est la dragée des pauvres gens. Mettez de la

lumière et de l'air partout, je ne m'y oppose
pas; mais, pour Dieu, ne faites le déménage-
ment de la vieille chambre familière et sympathique que lorsque les meubles nouveaux seront
tout prêts et rangés devant la porte. Or je cherche votre mobilier neuf partout; je ne le vois
nulle part, et, ma foi! je préfère mes vieilleries
à votre chambre froide et nue...

Sur ces entrefaites, nous sommes arrivés à
Futeau. C'est un des plus pauvres, mais c'est
aussi un des plus pittoresques villages de la
Meuse. Les maisons de bois, perchées sur de
hauts talus, à peine éclairées par d'étroites fenêtres, ont un aspect vermoulu et misérable,
mais pas une n'a la physionomie banale. La plupart font mine de vouloir s'effondrer et prennent des poses abandonnées ou tragiques. De
grandes filles maigres, à l'œil farouche et aux
cheveux ébouriffés, se dressent, curieuses, sur
le pas des portes, et des grappes d'enfants
demi-nus s'égrènent le long des escaliers de
bois qui descendent sur la chaussée. Toute
la population de Futeau vit de la forêt et
rien que de la forêt. Les hommes sont bûcherons, brioleurs, scieurs de longs ou *brin-*

tiers (c'est le nom qu'on donne aux fabricants de manches de fouet, faits avec des brins de houx, de néflier sauvage et d'aubépine). Les femmes vont en hiver ramasser le bois mort, les épines, les genêts, la fougère ; elles les brûlent et en vendent la cendre aux ménagères des petites villes voisines. En été, dans la saison des fraises et des framboises, elles forment toutes une association : dix ou douze, des plus adroites et des plus accortes, se transportent pour six semaines à Châlons-sur-Marne ; les autres vont cueillir les fraises dans la forêt, et chaque soir une voiture conduit à la ville la récolte du jour pour y être vendue au profit de l'association.

Toutes ces petites industries ne constituent pas précisément une fortune ; aussi, pendant les hivers rudes, un tiers de la population va mendier aux environs. Lors de la disette de 1847, une bonne moitié du conseil municipal était inscrite sur la liste des indigents. Avant 1849, il n'y avait à Futeau ni église ni maison d'école. Aujourd'hui, grâce aux allocations du département et au zèle du curé, il y a au centre du village une école bien aménagée et une élégante petite église. A deux pas de l'église, dont il est

séparé par un jardinet, s'élève le presbytère, si
propret, si avenant et si bien enfoui dans la
verdure qu'on porte envie au curé qui l'habite.

Comme nous entrions dans Futeau, un garçon qui débouchait des prés, la faux sur l'épaule,
nous a rejoints, et nous avons lié connaissance.
Quand nous sommes arrivés en face de l'église,
Tristan, à la vue du coquet presbytère, n'a pu
retenir son enthousiasme. — Voilà où je voudrais vivre ! s'est-il écrié ; je serais le curé de ce
village, j'y coulerais doucement de longues années. — Puis, se tournant d'un air aimable vers
notre jeune faucheur : — Et quand vous pren-
driez femme, je vous confesserais, je vous ma-
rierais...

— Oh ! a répliqué le camarade en changeant
sa faux d'épaule, vous me marieriez, c'est possible ; mais, pour ce qui est de me confesser,
nenni da !

La réplique de ce faucheur a coupé sur pied
les effusions lyriques de notre ami ; il a fait la
moue et s'est renfermé dans un silence bou-
deur.

18 septembre.

Éperonnés par Tristan, qui craignait de manquer l'arrivée des pèlerins, nous étions sur pied
à l'*Angelus*. Le jour commençait à poindre et
les bois de Bellefontaine étaient surmontés de
cette aimable couleur aurore qui fait plaisir à
voir, comme les premières rougeurs sur les
joues d'une fille de quinze ans. Nous avons
quitté le village, emportant dans nos sacs de
quoi déjeuner, et nous étonnant de voir la route
encore déserte. Nul n'est prophète en son pays;
aux Islettes, on nous avait semblé tiède à l'égard
de saint Rouin ; à Futeau, la population est positivement indifférente. A l'endroit où s'embran-
che le chemin de Bellefontaine, nous avons vu
passer deux ou trois paysannes et autant d'enfants. Peu après, une voiture de maître nous a
frôlés au passage : sur les coussins, en face de
deux dames ensommeillées, se dandinait un
abbé pimpant et satisfait, ayant à ses côtés un
jeune garçon dont il est sans doute le précep-
teur. Un peu plus loin, nous avons rencontré

un char à bancs plein de bottes de paille et de bourgeoises endimanchées, et c'est tout.

— Il me semble que la forêt ne donne pas, remarque Éverard, est-ce que ce pèlerinage serait un *four?*

— La plaine est plus fervente, répond Tristan ; vous verrez tout à l'heure les gens de Brizeaux, de Passavant et de Waly arriver en procession.

Si le défilé des pèlerins manque de couleur, en revanche, la route qui conduit au pèlerinage tient toutes ses promesses. Les tranchées latérales nous découvrent de jolis dessous de bois : — ravins fuyants, mares ombreuses, clairières ensoleillées où des écureuils gambadent d'arbre en arbre. A un détour, les massifs s'écartent et la surface unie et bleue d'un étang apparaît dans la profondeur du bois, avec son encadrement de joncs, de bouleaux et de sorbiers. Une hutte de chasseur aux canards effondre sur le bord son toit de chaume en ruine, un bateau est à demi enfoncé dans la vase ; de temps en temps un bouillonnement monte entre les joncs, une poule d'eau émerge à la surface, tourne à droite et à gauche son cou fin et sa tête inquiète, puis

replonge au fond de l'étang. — Pendant que
nous sommes en contemplation devant cette
nappe d'eau solitaire, une cloche au son grêle
résonne dans l'air matinal. — C'est la messe
des pèlerins, s'écrie Tristan, nous arriverons en
retard !

En effet, en débouchant dans la prairie plantée de pommiers où se trouve l'ermitage, nous
avons entendu bourdonner les voix des chan-
tres. La chapelle s'élève au bout du pré, presque à la lisière du bois; c'est une bâtisse modeste, surmontée d'un clocheton en auvent où
se balance la cloche, et flanquée d'une maisonnette qui sert de sacristie. En avant, un réservoir bordé d'une margelle de pierre reçoit les
eaux de la source miraculeuse et sert de piscine
à l'usage des fidèles. — Dans l'allée qui conduit à
la chapelle, des voitures de toute forme et de
toute provenance : coupés de maître, cabriolets
de louage, charrettes de paysan, font comme un
rempart autour de l'autel de feuillage où l'on
célèbre la grand'messe en plein air. On en est
déjà au *Kyrie* quand nous pénétrons dans l'enceinte réservée aux pèlerins. Notre apparition ne
laisse pas de donner de notables distractions à

l'assistance. Nos sacs de touristes, la boîte à couleurs et surtout le costume excentrique de Tristan causent une surprise mêlée d'inquiétude.

Nous demeurons impassibles, et, mettant chapeau bas, nous nous accoudons à la balustrade de la piscine. Il y a tout au plus deux cents personnes autour de l'autel. Le gros de l'assemblée se compose de femmes et d'enfants; une vingtaine de prêtres et de séminaristes en vacances sont agenouillés çà et là, et leurs soutanes jettent des notes noires au milieu des robes voyantes des femmes. Quelques privilégiés ont des sièges réservés et écoutent dévotement la messe, assis à l'aise dans des fauteuils; mais la majeure partie des assistants s'installe comme elle peut sur l'herbe des pelouses ou sur les bancs de la piscine. La matinée est fraîche, et une dévote a apporté une chaufferette sur laquelle ses pieds sont pieusement posés; deux dames plus frileuses encore sont restées dans leur voiture et lisent leur paroissien en se serrant l'une contre l'autre sur les coussins. Le jeune abbé, frisé et content de lui, que nous avons remarqué sur la route, se tient près du marchepied avec son élève. C'est un beau brin

d'abbé, brun, bien découplé, au menton rasé de
frais et bleuâtre, aux façons précieuses et apprê-
tées ; ses gros yeux noirs semblent pleins d'ad -
miration pour sa propre personne, et ses lèvres
rouges ont l'air de se murmurer à elles-mêmes
des compliments. Il se penche respectueusement du côté des deux dames et nous signale à
leur attention avec un petit rire sec.

Cependant on a lu l'Évangile, et un certain
remue-ménage annonce qu'il va se passer quelque chose d'important. En effet, deux prêtres
escortent jusqu'à l'estrade de l'autel un évêque
à cheveux gris, à la tête bienveillante et fine,
qui bénit l'assemblée et commence en style
fleuri le panégyrique de saint Rouin. Le soleil,
qui s'est élevé au-dessus des arbres, se met de
la fête et darde ses rayons obliques sur l'autel.
L'eau du réservoir chatoie, les chandeliers d'argent jettent des éclairs, les chasubles des chan-
tres, les calottes rouges des enfants de chœur,
les toilettes bariolées des dévotes s'épanouissent
dans la verdure comme des fleurs dans un pré,
et le prélat lui-même, avec sa robe et son ca-
mail de cérémonie, ressemble à un magnifique
iris violet. Ce charmant tapage de lumière et de

couleurs fait la joie du Primitif, mais non point celle de monseigneur. Ce traître de soleil qui lui vient droit dans les yeux gêne fort son éloquence. En vain il se sert de son bonnet comme d'un écran, les rayons empourprent sa figure, l'obligent à cligner les paupières et dérangent toute la belle ordonnance de son sermon. De plus, un bruit de vaisselle et de couverts partant de la maisonnette où des paysannes préparent le déjeuner des officiants, distrait l'auditoire et déconcerte l'orateur. Aussi le prélat galope à bride abattue vers sa péroraison, et le panégyrique tourne court.

Le sermon fini, on entonne le *Credo*, et nous allons déjeuner dans un coin. A notre retour, nous trouvons la grand'messe terminée et les pèlerins éparpillés dans la prairie. — Voici le moment de commencer mon étude, dit le Primitif. — Il s'installe sous un pommier et ouvre sa boîte. Éverard, Tristan et moi, nous nous promenons à travers les groupes. La plupart des pèlerins mangent sur l'herbe, deux ou trois femmes emplissent des bouteilles à la source ; sous un haut couvert de hêtres, des buveurs sont attablés, et à travers la feuillée le soleil fait pleuvoir des gouttelettes de lumière sur les blouses bleues et sur les figures hâlées. Tout ce monde nous dévisage avec des mines ébahies et méfiantes. On se donne des coups de coude à notre approche, et derrière nous il me semble entendre murmurer le mot: « Prussiens! » A l'ombre de son pommier, le Primitif est entouré de gamins et de paysans qui le regardent silencieusement préparer sa palette. Notre ami a esquissé l'ermitage et les bois sur un panneau où subsistent encore les vieux fonds d'une ébauche inachevée, il y pose rapidement de larges touches de couleur, de sorte que, pour le quart d'heure, le panneau ne présente aux yeux peu exercés qu'un mélange confus de tons gris et verts. En ce moment, une ombre noire se projette à côté de moi, je me retourne et j'aperçois l'abbé frisé et content de lui, qui examine d'un air ironique l'étude du Primitif, et qui brusquement, sans même nous saluer, engage ainsi la conversation:

— Alors vous vous supposez en ballon pour peindre ce paysage?

Cette façon étrange d'entrer en matière nous ébaubit et nous humilie; pourtant le Primitif,

qui croit avoir affaire à un homme intelligent,
prend la peine de lui expliquer ce que c'est
qu'une ébauche. — Je ne fais qu'indiquer les
valeurs, ajoute-t-il, revenez dans quelques ins-
tants et vous y verrez plus clair.

L'abbé jette un coup d'œil circulaire et impo-
sant sur notre entourage campagnard, et réplique d'un ton bref : — Si je fais cette observation,
c'est que je crois m'y connaître.

— Il y a des grâces d'état, murmure Tristan
entre deux bouffées de pipe.

L'abbé, piqué, foudroie le mauvais plaisant
de ses grands yeux noirs, et reprend : — Je fais
moi-même de la peinture de paysage.

— Ah! vous peignez le paysage, riposte le
Primitif en poursuivant son ébauche, habitez-
vous l'Argonne, monsieur l'abbé?

— Pourquoi, Monsieur?

— Parce que je vous en aurais fait mon com-
pliment; pour un paysagiste, c'est une bonne
fortune de vivre dans ce pays-ci.

L'ABBÉ, dédaigneux et tranchant. — Non, je
suis Parisien et j'ai eu pour maître un paysagiste
qui est professeur à l'École des Beaux-Arts.

LE PRIMITIF. — Vraiment?... Vous m'étonnez;

l'enseignement de l'école ne comprend pas le paysage.

L'ABBÉ, d'un ton plein de sarcasme. — En êtes-vous bien sûr?

LE PRIMITIF. — Très sûr, attendu que je sors moi-même de l'École...

Ici un silence; l'abbé comprend qu'il s'est trop aventuré, il rougit, pince les lèvres, fait signe à son élève et se décide à battre en retraite; mais avant de s'éloigner, il nous laisse un: — Au revoir, Messsieurs! — plein de menaces.

— Eh! il ne manque pas d'aplomb, l'abbé! dit Éverard, gageons qu'il était venu pour nous faire subir un interrogatoire et nous confondre?

— Il en est pour ses frais, mais il va publier partout que nous sommes d'affreux bohèmes.

Pendant ce temps, on chante vêpres, puis la procession, bannières en tête, se déroule comme un long ruban à travers les feuillées. Le plain-chant des prêtres se mêle aux cantiques des pèlerins en l'honneur de saint Rouin; la cloche tinte doucement, un grand silence se fait, et dans l'air sonore monte la voix claire et lente de l'évêque qui bénit la foule agenouillée.

La cérémonie est terminée, les pèlerins se dispersent, et une bonne part d'entre eux vient s'attrouper curieusement autour de notre pommier. Plus de cinquante paires d'yeux nous dévisagent. Les propos qu'on échange n'ont rien de flatteur pour nous, et il est évident que les spectateurs sont mal disposés. Le Primitif continue à peindre sans s'émouvoir. A chaque minute, le cercle s'épaissit, et les voix élèvent leur diapason. En bons campagnards prudents, les beaux parleurs de la bande se sont d'abord murmuré leurs réflexions à l'oreille, puis, voyant que nous n'en prenions point souci et que le Primitif poursuivait imperturbablement son travail, deux ou trois se sont enhardis et ont formulé à haute voix leur opinion.

— Sais-tu ce qu'ils font là, toi, Faraud?

— Tu le vois bien, *nomme*, ils tirent le plan de la forêt.

— Est-ce qu'ils n'étaient point l'autre soir à La Chalade?

— Oui; ah! ils sont malins, allez, ils prennent les plans de tout!

— Ils font tout comme ce Mac-Farlane, qui était à Verdun et qu'on a chassé de la ville parce qu'il photographiait les forts.

A ces mots, Tristan, violemment agacé, quitte sa pipe et s'adressant au dernier interlocuteur :

— Est-ce que c'est une allusion?

— Peut-être bien.

— Alors vous nous prenez pour des espions prussiens?

— Dam, ça en a l'air.

— Tas d'imbéciles! s'écrie Éverard en serrant les poings, c'est ridicule, nous sommes Meusiens tous quatre!

— Voyons, dis-je à mon tour, impatienté, si vous croyez que nous sommes des Prussiens, il ne s'agit pas de biaiser comme vous le faites depuis un quart-d'heure... Conduisez-nous devant une autorité quelconque et demandez-nous nos papiers.

Un brigadier-forestier sort du cercle. — Vous avez raison, répond-il, et puisqu'il en est ainsi .. Il se redresse, prend un air grave et rajuste son képi : — Au nom de la loi, Messieurs, je vous somme de m'exhiber vos papiers.

— A la bonne heure! — Nous fouillons nos

poches, et chacun de nous remet au garde les
pièces qui peuvent établir notre identité : des
cartes de visite, des lettres et un permis de
chasse. Le forestier met ses lunettes et examine
tout cela longuement, tandis que les curieux se
penchent pour lire par-dessus son épaule.

— Le permis est expiré depuis deux jours,
remarque un maître d'école pointilleux et rébar-
batif.

— Et puis, ajoute un autre, des cartes de visite, ce n'est pas des papiers.

Le brigadier est perplexe, la foule est décidément hostile, et d'instant en instant la situation
devient plus critique.

— D'ailleurs, qu'est-ce qui prouve qu'ils n'ont
pas fabriqué leurs cartes de visite exprès?... Les
Prussiens en font bien d'autres.

Je m'emporte, Éverard bondit et menace,
Tristan se démène et commence un sermon en
trois points pour prouver aux paysans que, pendant deux ans d'occupation, les Prussiens ont
eu le temps de prendre les plans des défilés de
l'Argonne. Seul, le Primitif garde un peu de
sang-froid et continue de jeter rageusement de
petites touches de couleur sur son panneau.

Tous les yeux sont agressifs, toutes les voix accusatrices éclatent à l'unisson et couvrent le plaidoyer du pauvre Tristan ; on se croirait au *finale* d'un quatrième acte d'opéra, quand tout à coup une claire et douce voix de femme s'écrie: — Mais je le connais! il n'est pas Prussien du tout, sa famille est de B..., c'est M. Tristan!

Notre ami se retourne, pâlit, rougit et s'exclame à son tour : — Franceline!

C'est comme un coup de théâtre. Le nez du brigadier s'allonge, le maître d'école pointilleux s'esquive, les regards s'adoucissent et les rumeurs s'apaisent. — Tristan s'est hâté de renouer connaissance avec sa Franceline si merveilleusement retrouvée. Il ne nous avait pas trop vanté le charme de sa personne, et, bien que depuis longtemps sa trentaine soit sonnée, elle est restée jolie : grande, svelte, les cheveux bruns lissés en petits bandeaux, elle a de longs yeux noirs, un teint blanc, et les deux fossettes décrites par Tristan se marquent encore sur ses joues au moindre sourire des lèvres.

Elle accueille les remercîments expansifs de son ami d'enfance avec une réserve embarrassée, et alors je remarque auprès d'elle un homme déjà mûr, ayant la tenue correcte d'un ancien militaire et qui me fait penser à l'honnête et méthodique Albert, ce mari de la Charlotte de Goethe. C'est en effet le mari de Franceline, et sa présence jette naturellement un froid sur cette réunion de deux amoureux qui ne se sont pas vus depuis vingt ans. La raideur cérémonieuse de l'époux intimide Tristan, qui n'ose plus rappeler le temps passé. Franceline elle-même semble mal à l'aise ; mais sa physionomie laisse deviner son émotion contenue, et ses yeux noirs racontent mélancoliquement ce que ses lèvres sont forcées de taire. Lorsque son mari lui fait remarquer qu'il est tard, elle tend affectueusement la main à Tristan. — Nous sommes, dit-elle, en visite chez notre oncle, à la maison forestière des étangs de Buisine ; si vos promenades vous mènent de ce côté, n'oubliez pas de venir nous voir. — Et elle part. Tristan, adossé au tronc du pommier, la regarde fuir sur la route, appuyée au bras de son maître et seigneur...

Je me rapproche alors de notre brigadier et je lui fais un bout de morale sur l'inconvénient de prendre des moulins à vent pour des géants

et des promeneurs inoffensifs pour des Prussiens. — Que voulez-vous? répond le brave
homme un peu décontenancé, il ne faut pas
vous offenser... Tous les gens vous accusaient
de parler allemand, et votre ami a un si drôle
de costume!... Ma fi, nous faisions notre devoir.
Si nous vous avions arrêtés et si vous aviez été
réellement des Prussiens, savez-vous que ça
aurait été une bonne note pour le pays?

— On vous aurait peut-être décoré? dit le
Primitif, qui a terminé son étude et qui se
retourne d'un air gouailleur vers le garde; je
suis sûr qu'au fond vous regrettez que nous ne
soyons pas des Prussiens?

—Ma fi, Messieurs, bien sûr. Ç'aurait été tout
de même un honneur pour le pays.

La chapelle était close, et le sacristain de
Futeau, après l'avoir verrouillée, s'en retour-
nait, emportant dans une boîte oblongue le
calice qui avait servi pour la messe. La petite
prairie était redevenue solitaire et les ombres
des pommiers s'allongeaient. Nous avons plié

bagage, afin de visiter avant la nuit la *Gorge-au-Diable* qu'on nous a beaucoup vantée. Le dernier incident du pèlerinage nous a laissés pensifs et taciturnes. Tristan, seul, songeant à sa Franceline, aussitôt perdue que retrouvée, exhale tout haut sa mélancolie : — Elle est heureuse, elle, soupire-t-il en secouant les cendres de sa pipe ; elle a un mari, des enfants, et elle se console dans ce milieu réchauffant de la famille. Quand le nid est bâti, l'oiseau ne vagabonde plus à travers la forêt. A mesure qu'elle devient plus intense, la vie de famille rétrécit de plus en plus son rayonnement. Seul, le célibataire est semblable à ces ronds circulaires que la chute d'une pierre produit dans une eau paisible ; il étend de plus en plus ses cercles ondoyants, et les pousse élargis et inutiles vers des rives désertes...

Je ne sais quelle fée nous a enguignonnés, mais nous errons comme des âmes en peine dans la forêt de Beaulieu, sans pouvoir trouver l'entrée de la *Gorge-au-Diable*. Le jour tombe, la futaie s'enténèbre ; impatientés, nous finissons par prendre le premier sentier venu et nous le suivons à l'aventure. Au bout d'une heure, nous atteignons un espace vague et découvert qui, dans la nuit, nous fait l'effet d'une vaste clairière vaporeuse. — Où diantre sommes-nous? — Le cri d'une poule d'eau et l'air plus humide qui nous caresse le visage nous apprennent enfin à quel point nous nous sommes fourvoyés.

— Parbleu! s'écrie Éverard, depuis deux heures nous piétinons sur place, et nous revoilà quasi au point de départ. Ce que nous prenions pour une clairière est un étang, et ces formes blanches qui dansent là-bas comme des fantômes, sont tout bonnement des buées de brouillard.

— Je parie, ajoute le Primitif, que Tristan nous a égarés exprès, afin de nous ramener vers la maison de la dame de ses pensées!

Tristan ne répond rien et fait de vains efforts pour s'orienter. — Nous ressemblons, dit Éverard, au Petit-Poucet, perdu dans les bois avec ses frères, et je vais comme lui grimper à un arbre pour essayer de voir par-dessus la brume.

En même temps, il escalade un tremble et se hisse jusqu'à la fourche des dernières branches.

— Sauvés! nous crie-t-il, j'aperçois une lumière à l'autre extrémité de l'étang. Ce doit être le logis de l'Ogre ; allons-y bravement.

Nous nous remettons à longer prudemment la lisière. Peu à peu la lumière annoncée par Éverard commence à percer la brume ; un chien aboie ; nous nous dirigeons de son côté et nous distinguons une petite croisée à travers laquelle brille le lumignon d'une lampe. Encore quelques pas, et la maison forestière, — car c'en est une, — dresse devant nous sa façade blanche et son toit en colombage. Nous poussons la barrière d'un potager et nous heurtons timidement.

Une porte s'ouvre, — et c'est Franceline elle-même qui vient au-devant de nous et nous sert d'introductrice. Nous sommes chez son oncle, le garde de la forêt de Beaulieu. Nous lui racontons comment nous nous sommes fourvoyés en cherchant la *Gorge-au-Diable.* — Asseyez-vous, Messieurs, dit le forestier, et chauffez-vous, car la soirée est fraîche... A cette heure, vous ne trouverez plus rien à manger à Futeau ; nous allions justement nous mettre à table, et vous partagerez notre souper.

On nous a fait une bonne flambée et nous

nous sommes assis sous la cheminée, en face de
Franceline, qui déshabillait son plus jeune
enfant, tandis que deux autres garçons s'amu-
saient à édifier un château de cartes. Le mari
est rentré sur ces entrefaites, et, après un premier mouvement de surprise, il nous a cordialement tendu la main. La glace était rompue,
la femme du forestier a posé sur la table une
marmite pleine de pommes de terre fumantes,
et nous nous sommes mis à table.

Tout en arrosant de claire piquette les pommes
de terre rissolées et farineuses, on a reparlé du
pèlerinage.

— Il paraît, a dit le garde, qu'il n'y avait pas
grand monde; tous les ans le nombre des pèlerins diminue... Si vous voulez voir la vraie fête
de saint Rouin, il faut venir ici le lundi de la
Pentecôte; alors il y a un *rapport* auprès de
l'ermitage; on goûte sur l'herbe, on danse dans
le pré, c'est plus gai et il y vient souventes fois
deux mille personnes.

La conversation ne tarissait plus. Tristan et
Franceline restaient seuls silencieux. Ils ne
semblaient pas encore remis de l'émotion de
cette rencontre inattendue, et l'ombre du temps

passé, qui venait de ressusciter pour eux, suffi-
sait à occuper leurs esprits. Peut-être aussi
constataient-ils mutuellement les métamor-
phoses inévitables que vingt ans produisent au
dehors et au dedans de nous? En tout cas, leur
pensée était mélancolique et attendrie plutôt
que joyeuse, car leurs yeux restaient rêveurs, et
parfois un soupir passait sur leurs lèvres. De
temps à autre, Tristan caressait le front de l'un
des bambins, assis entre lui et Franceline ; celle-
ci, à son tour, prenait la tête de l'enfant et y
déposait un baiser. Cet heureux bambin était
comme une sorte de jeune dieu Terme, à la
discrétion duquel les deux anciens amoureux
confiaient leurs muettes effusions. Pourtant, au
dessert, Tristan, d'une voix mal assurée, a
demandé à sa voisine si elle se souvenait encore
de la chanson du *Jardinier*.

— Certainement, et je la chante parfois pour
endormir les enfants.

— Voudriez-vous nous la chanter ce soir,
avant que nous prenions congé de vous?

Elle a rougi légèrement, puis, ayant d'un
regard rapide sollicité et obtenu le consente-
ment du mari, elle a commencé la chanson

qui avait fait passer tant de nuits blanches à Tristan.

C'est, comme celui-ci me l'avait dit, l'histoire d'un jardinier galant et volage, qui a encouru la disgrâce de son amoureuse, une vraie fille d'Ève, qui, lasse de bouder, rappelle bien vite l'inconstant :

> Reviens demain, reviens ce soir,
>   Mon bel ami !
> Oui, je le jure, je veux t'attendre
>   Toute la nuit.
>
> Le galant n'a pas manqué l'heure
> Que sa maîtresse lui avait dit,
> Et à la porte il a frappé
>   Trois petits coups :
> — Hé ! dormez-vous, sommeillez-vous,
>   Mon cœur joyeux ?
> A votre porte est arrivé
>   Votre amoureux.
>
> — Non, je ne dors ni ne sommeille,
> Toute la nuit je pense à vous.
> Parlez tout bas, marchez tout doux,
>   Mon bel ami,
> Car si mon père vous entend,
>   Morte je suis...
>
> Ils ne furent pas le quart d'une heure ensemble
> Que le coq a chanté minuit,
> — Oh ! je voudrais, oh ! je voudrais

> Pour cent louis,
> Que le coq qui chante minuit
> Soit bien rôti !

> Ils ne furent pas le quart d'une heure ensemble
> Que l'alouette chanta le jour.
> — Belle alouette, belle alouette,
> Tu as menti !
> Tu as chanté la pointe du jour,
> Il n'est que minuit...

Puis, après ce cri passionné, qui ressemble en effet à l'exclamation de Roméo sur le balcon de Juliette, le poète rustique, tout échauffé par son amoureux récit, prend la parole pour son compte et s'écrie, en guise de moralité :

> Ah ! si l'amour prenait racine,
> J'en planterais dans mon jardin ;
> J'en planterais si long, si large,
> Aux quatre coins,
> Que j'en donnerais à toutes les filles
> Qui n'en ont point.

— Peuh ! a dit le vieux garde, m'est avis que ça serait de la semence perdue, car il n'est si laide fille qui n'ait son brin d'amour au cœur dès qu'elle attrape ses quinze ans.

Il se faisait tard, et nous devions le lendemain

quitter l'Argonne. Nous avons pris cordialement congé de nos hôtes. Tristan et Franceline se sont serré la main une dernière fois, puis, ayant gravi la chaussée, nous avons aperçu devant nous la route de Futeau. Le brouillard s'était dissipé, le premier quartier de la lune brillait encore et faisait courir des moires argentées sur les eaux de l'étang. Tristan s'est retourné vers la maison forestière et s'est accoudé un moment aux poutres de l'écluse. Le rez-de-chaussée de la maison était resté éclairé, une ombre a passé dans la baie de la fenêtre, puis, quelques minutes après, une petite lumière grésillante s'est montrée à une chambre haute, dont la croisée paraissait ouverte.

Tristan ne bougeait pas. Il lui coûtait trop de s'en aller. Tout à coup, dans le silence des bois et l'atmosphère sonore de l'étang, une voix claire et bien timbrée s'est fait entendre, et ce couplet est venu jusqu'à nous :

> Ils ne furent pas le quart d'une heure ensemble
> Que l'alouette chanta le jour.
> Belle alouette, belle alouette,
> Tu as menti !
> Tu as chanté la pointe du jour,
> Il n'est que minuit

C'était Franceline qui couchait ses enfants.
Par un délicat sentiment bien féminin, elle
envoyait à son ami d'enfance ce refrain de leur
jeune temps, en guise de dernier adieu.

LA POÉSIE POPULAIRE

ET

LA VIE RUSTIQUE

———

A GEORGES LAFENESTRE.

22.

LA POÉSIE POPULAIRE

ET

LA VIE RUSTIQUE

I

« La poësie populaire et purement naturelle
a des naïfvetez et des grâces, par où elle se com-
pare à la principale beauté de la poësie par-
faicte selon l'art, comme il se veoid ez villanel-
les de Gascoigne, et aux chansons qu'on nous
rapporte des nations qui n'ont cognoissance
d'aulcune science, ny mesme d'escripture ; la
poësie médiocre qui s'arreste entre les deux est
desdaignée, sans honneur et sans prix. » —
C'est Michel Montaigne qui écrivait cela au

xvi⁰ siècle, et depuis lors la poésie populaire n'a
guère préoccupé nos grands écrivains, prosa-
teurs ou poètes. Molière cependant goûtait la
chanson de *Ma mie* et du *roi Henry*, et la préférait aux préciosités des faiseurs de madrigaux à
la mode. Le plus humain et le plus original de
nos poètes, avec La Fontaine, s'est seul sou-
venu dans le grand siècle, qu'il y avait, loin des
sommets du Parnasse classique, un réservoir de
franche poésie dont les eaux vives arrosaient
sourdement tout le sol des provinces de France.
Le grand courant poétique officiel roulait dans
une autre direction; il s'alimentait aux sources
grecques et latines, et ses eaux méthodiquement canalisées reflétaient avec solennité les
statues mythologiques, les charmilles taillées
au cordeau et les grands arbres symétriques
dont ses rives étaient décorées. Ni le xviii⁰ siècle avec ses préoccupations philosophiques,
ni l'époque romantique dont l'attention était
absorbée par l'étude des littératures du Nord,
ne semblèrent se douter qu'il y eût dans
le sol même du pays natal une source bien
autrement vivace et rafraîchissante que les tra-
ductions grecques, romaines ou anglo-saxon-

nes. Pendant ce temps, la poésie populaire continuait à répandre obscurément ses eaux vierges ; elle s'éparpillait en centaines de ruisselets, courant au hasard à travers nos provinces, sautillant sous bois dans les montagnes des Vosges et du Jura, murmurant le long des terres à blé de la Lorraine, au bord des chemins creux du Poitou, ou se perdant en flaques solitaires dans les landes mélancoliques de la Bretagne et du Berry.

Je me souviens toujours avec émotion du moment où le charme de la poésie populaire me fut révélé. C'était dans une petite ville poitevine ; je sortais du collège, saturé de formules scolastiques et grisé par les lectures romantiques que je faisais en guise d'école buissonnière. Un matin d'été, au petit jour, je dormais fenêtres ouvertes, quand je fus réveillé par la voix d'un jeune garçon menant ses chevaux à l'abreuvoir. Dans la rue vide et sonore, à travers le piétinement des chevaux, montaient ces paroles que le conducteur chantait à plein gosier :

> Elle a son doux berger
> Qui vient la voir souvent.

— Hé! levez-vous, bergère.
Hé! levez-vous, car il est jour;
Les moutons sont en plaine,
Le soleil luit partout...

Mais les paroles ne sont rien, détachées de la musique. Il fallait entendre cet air d'abord traînant et rhythmé comme du plain-chant, puis tout à coup s'envolant en notes gaies, sonores, légères, comme autant d'alouettes à l'essor. Il me sembla que je voyais soudain le ciel s'illuminer et que j'assistais au réveil de la terre. A partir de ce matin, je subis la séduction de la muse rustique et je me mis en quête de chansons paysannes. Ce coin de province était fait à souhait pour cette recherche; les chemins de fer ne l'avaient pas encore traversé et les traditions populaires s'y étaient conservées intactes. Je les retrouvais partout : à l'ombre des *bouchures* (haies) où les bergères chantaient en filant au fuseau, dans les *ballades* où la vielle et la cornemuse jouaient encore le *bal* poitevin et les bourrées limousines. Le soir, quand les pastoures huchaient pour *arauder* leurs ouailles éparses dans les prés, les fuyantes vocalises de cette mélopée si bien en harmonie avec la tom-

bée de la nuit se répétaient à chaque coin de la
vallée; il me semblait alors que les temps primitifs se réveillaient, et que, trois mille ans
auparavant, les bergères celtes avaient dû se
servir de ce même chant pour rappeler leurs
troupeaux.

C'est là en effet un des précieux enchantements de la poésie populaire; quand on la rencontre, on croit ressaisir le fil de l'antique tradition nationale, on se sent en sympathique
communication avec ses plus lointains ancêtres. En face de ces monuments de l'histoire populaire, — contes, superstitions, coutumes,
chansons, — on est ému comme si on était
mis brusquement en présence d'un trisaïeul
inconnu dans les traits duquel on retrouverait
des airs de famille. On se sent rattaché au terroir de sa province par des racines nouvelles et
plus profondes. C'est qu'on a tout à coup entendu sourdre sous le sol le grand courant de
poésie primitive, qui est en quelque sorte le
fonds commun de la race et qui s'est conservé
plus vivace en pleins champs et en plein air.

La vie rustique est imprégnée de cette poésie
élémentaire. Le paysan, qui est sans cesse en

communication directe avec le sol, la porte inconsciemment avec lui. Elle se révèle dans tous les actes de son existence ; dans ses chants, dans ses croyances, ses proverbes, ses mots de tous les jours. Quand on étudie attentivement la langue campagnarde, on est tout étonné d'y découvrir à chaque instant des images saisissantes et colorées. S'il vente frais, le paysan vous dit que l'air est *gai;* si la chaleur est lourde et le ciel couvert, le temps est *malade.* A-t-on jamais peint la physionomie capricieuse et perfide des jours d'avril avec plus de bonheur que dans ce proverbe rustique ?

> Il n'est si joli mois d'avril
> Qui n'ait son chapeau de grésil.

En Touraine, les femmes qui ont reçu une donation par contrat de mariage disent que leur mari « leur a payé leur jeunesse ». Nul poète mieux que le paysan n'est prompt à personnifier les objets inanimés. — Ces terres ne rendent rien, me répétait un jour un laboureur ; on a beau les fumer, elles ne sont pas *reconnaissantes.* — Une autre fois un braconnier, voulant, dans un récit de chasse, me décrire la physio-

nomie du terrain où il chassait et l'état de la
température, me disait : — Il n'avait pas neigé
dru, mais il était tombé une *sucrée* de neige. —Et
il en est ainsi de toutes choses dans la vie rustique ; l'imagination enfantine du paysan les lui
peint immédiatement sous une forme vivante,
pittoresque toujours, et souvent poétique. Y a-t-il
dans la poésie des lettrés un cri plus lyrique et
plus passionné que ces quatre vers d'une chanson de l'Angoumois :

> Ah! soleil, fonds les rochers!
> Ah! lune, bois les rivières!
> Que je puisse regarder
> Mon amant, qui est derrière...

Hélas ! la centralisation arrive comme une
marée montante, et, en France surtout, elle
pousse de tous côtés dans les provinces les
flots ternes et limoneux de ses grandes eaux.
Même quand ce flot banal ne séjourne pas,
après l'inondation le sol reste ensablé, et, à la
place où s'épanouissait l'originale floraison des
coutumes et de la langue rustiques, on ne retrouve
plus qu'une couche uniforme de gravier grisâ-
tre. De jour en jour les costumes provinciaux

disparaissent, les usages se perdent; les enfants
d'à présent ne savent plus parler le patois de
leur pays, et les jeunes gens ont oublié les
chansons de leurs pères. L'antique province
avec sa physionomie si personnelle et si variée
de couleur n'existe déjà que comme une aïeule
agonisante. Elle ne se rappelle plus la langue
d'autrefois ou elle n'en répète plus que des lambeaux incohérents. Encore un peu de temps, et
elle sera tout à fait morte; alors on s'apercevra
qu'elle avait du bon et on se disputera ses reliques.

Depuis une vingtaine d'années, on a commencé
à comprendre qu'on possédait un trésor et
qu'on le laissait s'éparpiller. Voilà longtemps
que chez nos voisins, en Angleterre, en Allemagne, en Italie, on s'est occupé de recueillir
pieusement les vieilles traditions et les chants
populaires; chez nous, on a procédé lentement
et dédaigneusement à ce travail tardif. Un
grand romancier, George Sand, et un poète,
Gérard de Nerval, furent les premiers à signaler
les richesses qu'on laissait perdre. Un peu plus
tard, M. Fortoul, pendant son passage au mi-
nistère de l'instruction publique, conçut le pro-

jet de publier un recueil de nos chansons populaires; mais il confia le soin d'utiliser les documents recueillis en province à des historiens et
à des érudits qui n'avaient pas la foi. Ils se mirent à la besogne sans conviction, et les maté-
riaux amassés dorment encore aujourd'hui dans
quelque coin de bibliothèque. Comme toujours,
l'initiative privée a obtenu de meilleurs résultats. En 1860, un admirateur de la poésie rustique, M. Champfleury, publia, avec l'aide d'un
savant compositeur, M. Wekerlin, un choix de
chansons glanées dans toutes les provinces de
France. Trois recueils d'une véritable importance : le *Romancero de Champagne* de M. Tarbé
(1863-64), les *Chants populaires du pays messin* de
M. de Puymaigre (1865), les *Chants et Chansons populaires des provinces de l'Ouest* de M. J. Bujeaud
(1866), vinrent s'ajouter au travail intéressant
de M. Max Buchon sur les chansons de la Franche-
Comté, et au livre de M. de Beaurepaire sur
celles de la Normandie. Enfin, depuis peu, un
recueil dont le titre rappelle ingénieusement la
fée poitevine qui bâtissait des châteaux par la
seule vertu de son chant merveilleux, — *Mélu-
sine,* — paraît sous la direction de MM. H. Gai-

doz et E. Rolland, et se propose de devenir une
sorte de répertoire périodique de la littérature
mythologique et des traditions populaires des
provinces de France.

Malheureusement pour l'art, presque toutes
ces tentatives sont faites par des philologues,
plus préoccupés de l'intérêt de la science que de
celui de la poésie. Les érudits qui se dévouent
à ce travail de sauvetage y recherchent avant tout
la solution de certaines théories scientifiques
encore très-obscures ; ils laissent négligemment
à l'écart le côté esthétique du sujet. Or, en matière de poésie, je me défie un peu de tout philologue qui n'est pas doublé d'un poète. Le
travail de ces terribles grammairiens me cause
le même effroi que celui d'un entomologiste ar-
rachant les ailes d'un papillon pour en analyser
les écailles chatoyantes. Ils traitent comme une
chose morte cette délicate fleur ailée qu'il ne
faudrait toucher que du regard. Il est regretta-
ble qu'il ne se soit pas trouvé en France de poètes assez érudits et patients pour rendre à la
poésie le service qu'ont rendu aux lettres alle-
mandes Achim d'Arnim et Clément Brentano,
lorsqu'ils ont rassemblé les chansons populaires

de leur pays dans le recueil de l'*Enfant au cor enchanté* (*des Knaben Wunderhorn*). Dans son livre de *l'Allemagne*, Henri Heine proclame très-haut l'influence considérable qu'a eue la publication de ce recueil sur l'esprit des poètes de son temps. « Je ne saurais trop, dit-il, louer cet ouvrage ; il renferme les fleurs les plus délicates de l'esprit allemand, et quiconque voudra connaître le peuple allemand sous un aspect aimable, que celui-là lise ce livre. Il est ouvert devant moi en ce moment, et il me semble qu'il me parfume de l'odeur de nos tilleuls du Nord... *L'Enfant au cor merveilleux* est un monument bien remarquable de notre littérature. Il a exercé une trop noble influence sur les lyriques de l'école romantique, particulièrement sur Uhland, pour le passer sous silence... »

Dans une étude très-complète qu'il a faite sur le *lied* et la poésie populaire en Allemagne, M. Édouard Schuré démontre très-bien à son tour quel profit ont tiré de l'étude des chansons populaires les grands poètes de l'Allemagne : Goethe, Heine et Uhland. Il fait voir par de nombreux exemples quel sang jeune ces *lieder* du peuple ont infusé à la poésie lyrique. C'est

23.

en s'assimilant cette poésie rustique où le sentiment éclôt avec la spontanéité et la simplicité d'une fleur, que Goethe, Uhland et Heine
ont trouvé pour leurs poèmes une forme colorée, vivante, précise et en même temps
exempte de rhétorique et de déclamation. Après
nous avoir révélé toutes ces merveilles lyriques qui sont le trésor de l'Allemagne lettrée,
M. Édouard Schuré a été amené à conclure que,
malgré le magnifique épanouissement de 1820,
la poésie, chez nous, est, sur plusieurs points,
inférieure à celle des Allemands. « Elle est,
dit-il, plutôt un art de lettrés qu'une force vive,
sortant des profondeurs de la nation et y faisant circuler la joie et l'enthousiasme. » A propos de cette infériorité, M. Schuré rappelle une
observation qui lui a été faite à l'étranger, et
que j'ai eu également l'occasion d'entendre for-
muler par des écrivains anglais et allemands :
« Lorsqu'un étranger lit la plupart de nos grands
poètes, il est frappé tout d'abord par le caractère oratoire qui défigure parfois leurs plus
belles créations. Pourquoi tant de rhétorique et
de vains ornements? nous disent-ils. Vos poètes
méditent, raisonnent et font la philosophie de

leurs sentiments... C'est là de l'éloquence ; mais le vrai poète n'a pas besoin de démonstration, sa muse le transporte bien au-dessus des luttes de l'école... Comment songerait-il à démontrer son amour et sa foi, puisqu'il en est pénétré jusqu'au fond de l'âme et ne fait qu'un avec eux ?... Vous autres, vous voulez tout dire et ne laisser rien deviner. Vous déclamez admirablement en vers, vous ne chantez pas. »

Il y a beaucoup de vrai dans cette critique. Comme remède, M. Schuré propose à nos poètes de suivre l'exemple des Allemands et de chercher dans les chansons populaires ce qui manque trop souvent à notre poésie lyrique : la sincérité, la sobriété et le sentiment spontané Le conseil est excellent, et je suis persuadé pour ma part que, si notre art doit se renouveler, c'est là qu'il trouvera un rajeunissement; mais il est un point sur lequel je ne suis plus d'accord avec l'historien du *lied,* c'est lorsqu'il doute que notre poésie populaire ait le sang assez riche pour nourrir un art nouveau, et lorsqu'il engage les poètes à étudier surtout les chants populaires des nations voisines. Il me semble au contraire que c'est en s'assimilant

les éléments tirés de notre propre fonds que nos
poètes pourront se refaire un tempérament lyrique. Les poésies rustiques écloses dans nos
provinces sont nombreuses et variées; elles ont
le même charme que celles de nos voisins, les
mêmes vertus et bien souvent la même origine.
Les fleurs du bouquet sont nées de semences
également répandues sur tout le sol européen ;
seulement à celles qui ont germé en France, le
terroir, la lumière et l'air ambiant ont donné
une couleur et un parfum tout français. C'est
cette couleur caractéristique qu'il faut se mettre dans les yeux; c'est ce parfum dont il faut
s'imprégner pour redonner à la poésie française
une saveur vraiment originale.

II

L'ensemble des poésies rustiques déjà recueillies dans nos provinces permet d'embrasser
tout le développement de la vie du paysan. La
poésie populaire nous le montre depuis l'heure
où, dans sa barcelonnette, il ouvre pour la première fois ses yeux au clair soleil, jusqu'au

jour où il s'endort dans la bière faite avec les planches qu'a façonnées le *ségar* (1),

> Dont la scie alerte et blanche
> Danse et reluit au courant du moulin.

Dans les campagnes, la vie n'est pas toujours douce pour le nouveau-né. Le père et la mère sont aux **champs, le marmot** reste souvent seul à pleurer dans son berceau. Je me souviens d'avoir vu, au fond d'un village de la Touraine, une maison de paysans dont les maîtres étaient en *métive* (en moisson). Au milieu de la chambre, il y avait une sorte de pilier auquel on avait accroché par des lisières deux enfants en bas âge. Leurs petits pieds encore mous châncelaient sur le pavé humide, et, pour toute distraction, les marmots tournaient le jour durant autour du poteau comme une chèvre autour de son piquet ; mais, bien que l'enfant du paysan fasse de bonne heure l'apprentissage des rudesses de la vie, il n'en est pas moins aimé d'une certaine façon, et sa mère a un répertoire de jolis petits airs pour le bercer le soir dans

---

1 *Segar*, scieur de long (patois vosgien).

son lit d'osier. Ces berceuses, qu'on nomme en
Lorraine des *endormeuses*, ont toutes une mélodie
câline et attendrie ; les paroles n'y brillent pas
par la logique, mais elles sont ingénieusement
appropriées à l'intelligence naissante de l'enfant.
Les phrases, sans rime ni raison, sont compo-
sées de mots lumineux et sonores destinés à
agir sur la fraîche imagination du bambin :

> Petite fille de Paris,
> Prête-moi tes souliers gris
> Pour aller en paradis.
> Nous irons un à un
> Au chemin des saints,
> Deux à deux
> Dans le chemin des cieux...

Parfois la berceuse se développe et prend les
allures d'un petit drame, comme dans la *Noce
du papillon ;* l'enfant écoute avec ravissement ce
récit où jouent un rôle tous les animaux que ses
jeunes yeux ont déjà remarqués :

> Ah ! ah ! papillon, marie-toi !
> — Hélas ! mon maître, je n'ai pas de quoi.
> — Là, dans ma bergerie, j'ai cent moutons,
> Ce s'ra pour faire la noce du papillon.

Et alors défilent toutes les bêtes du voisinage,

chacune ayant un caractère et tenant un discours en rapport avec son genre de vie : le chien,
le renard, le moineau, le *goret*, la perdrix et
jusqu'au héron :

> Ah ! ah ! que dit le héron?
> — J'ai les ailes et le cou long,
> J'irai à la rivière pêcher le poisson,
> Ce s'ra pour faire la noce du papillon...

A chaque apparition d'un nouveau person-
nage, la scène change et une nouvelle perspec-
tive s'ouvre à l'esprit de l'enfant, jusqu'à ce que,
charmé, il glisse doucement de la rêverie dans
le rêve, et du rêve dans le bon sommeil profond
de l'enfance.

Peu à peu les années s'ajoutent aux années, les
jambes du bambin deviennent plus solides, le
sang coule dans ses veines comme du vif-argent;
il lui faut remuer sans cesse, *gibler* au grand
air comme un écureuil. Alors les rondes succèdent aux berceuses et retiennent le soir des
bandes de garçonnets et de fillettes devant les
portes ou bien dans les granges. Le répertoire
de ces rondes françaises, si alertes, si sautil-
lantes et si gaies, est aussi varié et abondant

que les herbes d'une prairie. Il y en a de dramatiques comme le *Pont du nord*, de galantes comme les *Trois filles dans un pré* ou *Cécilia*, d'ironiques comme celle-ci, qui est originaire du Poitou, et dont le mouvement est si bien rhythmé, qu'on croit voir à tout moment tournoyer la chaîne des danseurs :

> Derrière chez mon père
> Il y a un étang,
> Trois jeunes demoiselles
> S'y vont promenant.
> Vous qui menez la ronde,
> Menez-la rondement.

En chemin, les trois demoiselles rencontrent un pèlerin qui les implore, mais les belles n'ont pas le cœur tendre et elles rabrouent le quémandeur indiscret :

> Avoir pitié des hommes,
> Nous n'avons pas le temps.
> Les garçons sont volages
> Comme la feuille au vent.
> Vous qui menez la ronde,
> Menez-la rondement.

Avec l'arrière-saison finissent les rondes en

plein air, mais, l'hiver venu, les chansons ne
chôment pas; au contraire, elles éclatent de
plus belle dans le fournil où l'on brise les noix
pour faire de l'huile, dans les *veilloirs* où l'on
teille le chanvre et où les grands garçons viennent *dailler* aux fenêtres, c'est-à-dire intriguer
du dehors les filles blotties autour de la lampe.
C'est alors que les enfants écoutent, bouche
bée et les yeux écarquillés, les noëls, les com-
plaintes, les chansons d'aventure, que psalmo-
dient les vieilles fileuses et où le merveilleux
joue un rôle important. Dans ses chants, le
paysan semble poursuivi du besoin d'oublier
les laideurs de sa vie de tous les jours. Il n'y
parle que de châteaux, de princesses, de jardins
pleins de fleurs, de vaisseaux chargés d'or et
d'argent. Toutes les filles y ont la main blanche,
tous les galants portent des habits « bordés de
dentelles » et des chapeaux de velours. Le jour-
nalier en sabots, aux habits terreux, occupé à
remuer la glèbe, trompe sa misère avec des
mots tout reluisants de richesse, comme certains pauvres diables trompent leur faim en
lisant les descriptions savoureuses d'un livre
de cuisine. Parfois ces ballades de la veillée ont

une certaine valeur historique. En voici une,
par exemple, qui donne en quelques couplets,
avec un relief étonnant, le caractère et les
mœurs d'une époque :

> Le roi a fait battre tambour
>   Pour voir toutes ces dames,
> Et la première qu'il a vue
>   Lui a ravi son âme.

> — Marquis, dis-moi, la connais-tu!
>   Qui est cette jolie dame?..
> Et le marquis a répondu :
>   — Sire roi, c'est ma femme.

Le roi est amoureux, et le marquis est ambitieux ; il pense, comme dans *Amphitryon*, que :

> Un partage avec Jupiter
> N'a rien du tout qui déshonore.

Le roi le fera « beau maréchal de France »,
on l'enverra guerroyer au loin, et la marquise
deviendra une maîtresse royale. Tout cela est
dit en douze vers, et le pauvre mari, moitié de
gré, moitié de force, prend congé de sa femme :

> « Adieu, ma mie, adieu, mon cœur,
>   Adieu, mon espérance !
> Puisqu'il te faut servir le roi
>   Séparons-nous d'ensemble... »

— La reine a fait faire un bouquet
De belles fleurs de *lyse*,
Et la senteur de ce bouquet
Fit mourir la marquise.

C'est tout. Je ne crois pas qu'il y ait dans les *Volkslieder* ni dans les *Novellieri* italiens un récit plus court, plus net, ayant en même temps plus de mouvement et de couleur poétique que cette chanson de vingt-huit vers. Les figures y sont peintes d'un trait, et elles vivent. On voit le roi vert-galant et tout-puissant, le courtisan ambitieux, amoureux et obéissant, la femme à la fois éblouie et craintive, et la reine jalouse et sacrifiée, qui se venge à la façon du xvie siècle, en empoisonnant sa rivale dans un bouquet.

A côté de ce petit drame, voici la *Complainte de Jésus-Christ,* colorée et mystique comme un vitrail du moyen âge. — Pour éprouver les cœurs de deux époux, Jésus-Christ s'habille en pauvre et va demander à la porte de leur logis « les miettes de la table ». Le mari repousse ce mendiant avec la rudesse d'un rustre avare et positif :

Les miettes de notre table,
Les chiens les mangeront bien ;

> Ils nous rapportent des lièvres,
> Toi, tu ne rapportes rien.

Mais la femme est charitable, elle fait entrer le vagabond, qui tout à coup se transfigure devant elle :

> Comme ils montaient les **degrés**,
> Trois beaux anges les éclairaient...
> — Ah ! ne craignez rien, Madame,
> C'est la lune qui paraît.

En quatre vers, on a un tableau d'une exquise délicatesse. Rien de plus charmant que la façon dont Jésus-Christ rassure cette femme effrayée de se trouver en face d'un dieu au cortège resplendissant.

Si la *Complainte de Jésus-Christ* a un caractère mystique, la ballade du *Roi Renaud,* telle qu'on la chante dans le pays messin, a une tournure grandiose et épique. On la croirait détachée d'une chanson de geste :

> Le roi Renaud de la guerre revint,
> Ses entrailles portait dans ses mains.

> Sa mère l'aperçoit venir,
> Elle en a le cœur réjoui :
> — Mon fils Renaud, réjouis-toi,
> Ta femme est accouchée d'un roi.

Mais le roi Renaud n'est plus d'humeur à se réjouir, il se fait dresser « un blanc lit » et il y meurt en recommandant que l'accouchée n'en sache rien. Pendant ce temps, dans sa chambre, la jeune reine entend le bruit des apprêts funèbres et s'inquiète. La mère s'efforce de mentir pour la rassurer, mais elle est vite à bout de mensonges :

> Quand commencent les litar s et chants,
> Les pâtureaux s'en vont disant :

> « Voilà la femme de ce grand roi
> Qu'on enterra hier au soir. »

> — Dites-moi, ma mère, ma mie,
> Qu'est-ce que ces pâtureaux ont dit ?

> — Ma fille, je ne puis le cacher,
> Le roi Renaud est décédé.

L'épouse alors s'en va dans l'église, où est le tombeau de son mari, et elle a un cri qui cette fois doit réjouir le mort dans son cercueil :

> — Tenez, ma mère, voici les clés
> De toutes mes villes et cités.

> Prenez mes bagues et joyaux,
> Ayez soin de mon fils Renaud,
> Je veux mourir sur ce tombeau.

24.

Pour montrer combien est variée et riche cette mine des chansons populaires, je veux citer encore une sorte de féerie dont la fantaisie eût été digne d'inspirer le *Plongeur* de Schiller ou la *Lorelei* de Heine. C'est la ballade poitevine des *Clés d'or*. Un amoureux croit entendre son amie pleurer au sommet d'un rocher qui surplombe au-dessus de la mer ; il accourt et questionne la jeune fille éplorée :

> — Oh ! qu'avez-vous, la belle,
> Qu'avez-vous à pleurer ?
> — Les clés d'or de mon père
> Dans la mer sont tombées...
> J'aimerai toujours ma Nanon
> Qui tient mon cœur en prison.

La belle promet « ses amours » à celui qui ira chercher les clés. L'amant se déshabille, plonge dans la mer une première fois et ne trouve rien :

> Du second coup qu'il plonge
> Jusqu'au sable a été ;
> Du troisièm' coup qu'il plonge,
> Dans la mer s'est noyé...
> J'aimerai toujours ma Nanon
> Qui tient mon cœur en prison.

> N'y a ni poissons ni carpes
> Qui n'en aient pas pleuré,
> N'y a que la sirène
> Qui a toujours chanté.
> J'aimerai toujours ma Nanon
> Qui tient mon cœur en prison.

Comme on l'a deviné, l'amoureux a été trompé par une fausse apparence. C'était la perfide fée des eaux qui se plaignait au sommet des roches, et non la bien-aimée. Celle ci accourt, désespérée, sur le rivage, et se répand en imprécations contre la sirène maudite :

> Chante, sirène, chante !
> T'as moyen de chanter,
> Tu as la mer à boire,
> Mon amant à manger...

Avec ses procédés naïfs, cette chanson réussit parfaitement à exprimer les fascinations de l'ondine, la dangereuse fée des eaux. Le refrain amoureux : « J'aimerai toujours ma Nanon, etc., » qui revient comme une incantation, ajoute encore à l'effet et donne bien l'impression d'un cerveau hanté par le vertige.

Dans la poésie populaire, l'enfant ne se borne

pas à être un simple auditeur, il est lui-même
acteur, quand reviennent certaines époques so-
lennelles comme la Noël, la nouvelle année, le
premier mai. Dans l'Angoumois, au 1er janvier,
des bandes d'enfants vont chanter aux portes
l'*Anguilanneu* (au gui l'an neuf) :

> **Nous** sommes de pauvres gens,
>   Bonnes gens,
>   Qui ne sont guères riches ;
>   Nous cherchons de l'argent,
>   Bonnes gens,
>   Pour nourrir nos familles.
>
>   Faites-nous la charité,
>   Donnez-nous un sou marqué.
>   Si les sous marqués manquent,
>   Donnez-nous de l'argent blanc.

En Bourgogne, c'est pendant la semaine sainte
que les enfants vont quêter des œufs en chantant la complainte de la Passion, et en promettant à ceux qui donneront de bon cœur qu'ils
iront tout droit en paradis :

> **Droit** comme un ange auprès de Jésus-Christ.

Au 1er mai, dans la Meuse et le pays messin,

les fillettes, vêtues de robes blanches, coiffées
de branches vertes, allaient jadis, en dansant et
en chantant, célébrer le renouveau et quêter
pour l'autel de la Vierge. Les chansons consa-
crées pour ce jour-là s'appellent des *trimâzos*.
Dans quelques-uns de ces *trimâzos*, la joie du
printemps revenu éclate à chaque vers; il semble qu'on y entende le bourdonnement de la
sève en fermentation dans les cœurs et dans les
plantes :

> En passant *avau* (parmi) les champs,
> J'ons trouvé les blés si grands,
> Les avoines vont se levant,
> Les aubépines fleurissant.
>> Trimâzos !
> C'est le mai, le joli mai !
> C'est le joli mois de mai !

Tout en chantant, l'enfant prend de l'âge, et
avec l'âge il prend un métier. Au village, les
loisirs de l'enfance sont courts; sitôt que le garçon atteint ses quatorze ans, on le fait travailler. Voilà les bambins de tout à l'heure qui deviennent apprentis et compagnons. Les uns s'en
vont bûcherons dans la forêt, les autres, marins
sur la mer ou moissonneurs aux champs; mais

au milieu de leur travail ils chantent toujours.
C'est le cycle des chansons de *métiers* et de *compagnonnage*. L'apprenti se console de la monotonie de sa tâche avec un peu de musique, et dans sa chanson on entend, comme un écho, résonner le bruit de ses instruments de travail. Écoutez la chanson du batteur en grange ; on dirait que le refrain est rhythmé par le choc des fléaux tombant en cadence sur l'aire :

> Dans la peine, dans l'ouvrage,
> Dans les divertissements,
> Je n'oublie jamais ma mie.
> C'est ma pensée en tout temps.
> — Ho ! batteux, battons la gerbe,
> Compagnons, joyeusement.

Le bûcheron, solitaire dans la forêt profonde, compose des chansons toutes poétiques, pleines d'apparitions idéales et fleuries, où le gazouillement des oiseaux se mêle à chaque instant, comme un refrain, aux rêves scandés par le bruit de la cognée :

> Il y avait trois petits fendeux,
> Fendeux dessus l'herbette,
> (J'entends le rossignolet);
> Il y avait trois petits fendeux
> Causant de leurs amourettes.

Le *métiveur* (le moissonneur), sous le soleil de
juillet qui lui tombe d'aplomb sur les reins, a
des rêves plus hardis et comme chauffés par la
grande lumière de midi. Dans ses chansons, il
voit passer des princesses parées de diamants,
« portant coiffures de dentelles et souliers de
satin blanc ».

> Voici la ainte-Madeleine
> Où l'on coupe dans les champs;
> Tous les garçons sont en plaine
> Depuis le soleil levant.
>
> Moi, j'ai bien pris ma faucille
> Toute en or et en argent
> Pour m'encourir au plus vite
> A mon sillon de froment.
>
> Mais tout en liant ma gerbe
> Je cueille trois boutons blancs,
> Les rassemble ieuille à feuille,
> Les accroche à mor ruban.

Ce sillon de froment est fréquenté comme un
grand chemin, il y foisonne des aventures. Par
là passent trois belles filles : une princesse, une
fille de président et une troisième « sans fard
et sans ajustement, mais belle comme la rose

qui fleurit au rosier blanc ». Le moissonneur
refuse son bouquet aux deux premières :

> Mais quand passe la troisième,
> Elle rougit en me voyant.
> Je me suis approché d'elle :
> — Prenez mon bouquet des champs.

C'est celle-là qu'il veut aimer, c'est avec elle
« qu'à la Toussaint prochaine » il veut dormir
dans un lit « couvert de roses blanches » :

> La petite alouette grise
> Y chantera dans son doux chant :
> Vivent les constantes filles,
> Vivent les garçons constants !

II

Un désir amoureux, mais chaste et contenu,
traverse déjà cette dernière chanson. Avec la
puberté, l'amour a poussé au cœur du jeune
gars. Sa lèvre supérieure s'estompe maintenant
d'une légère moustache, la vingtième année approche, et, avec elle, une nichée de chants
plus passionnés gazouille dans son cerveau.
Dès que la jeunesse arrive, il se fait comme une

joyeuse explosion de tendresse au cœur des filles et des garçons. On se promène, les soirs de
dimanche, jusqu'à l'orée du bois; on s'en va
par bandes aux *rapports*, aux *ballades,* aux *veillées*. Expansive et tumultueuse, leur joie est
d'autant plus violente qu'elle est courte. Au milieu de cet éblouissement de la vingtième année, un pressentiment leur dit qu'il faut se
hâter, que la jeunesse passera comme l'herbe,
et jusque dans leur allégresse on sent de la mélancolie :

> Tandis que nous sommes filles et garçons,
> Dansons et nous divertissons,
> Car le temps qui nous mène
> Nous fera endurer grand'peine.

Chez ces natures primesautières, l'amour
éclôt brusquement, sans toutefois que cette
vivace explosion du désir se manifeste par des
brutalités d'expression. Au contraire, il n'est
pas rare de rencontrer dans leurs chansons des
notes de mélancolie, de délicates nuances de
tendresse qui feraient envie à plus d'un poète lyrique. Ici, c'est un garçon encore timide, mais
déjà travaillé par le mal d'amour, qui s'enfuit

au fond des bois et demande au rossignol son
secret pour se faire aimer. Là, c'est un amoureux qui, semblable aux jeunes gens des épi-
grammes grecques, passe la nuit couché à la
porte de sa *blonde* et raconte sa veillée avec un
accent d'humilité touchante :

> Ah! combien de nuits j'ai passé!
> Combien de nuits malheureuses,
> Belle, à ta porte j'ai couché,
> Tremblant la fièvre dangereuse
> Qui tient mon cœur *enchalé* (embrase).

Un troisième trouve sa bien-aimée endormie
sous un arbre, et on croirait lire une idylle de
Théocrite dans ces couplets où est décrit le sommeil de la jeune fille :

> Je me suis approché d'elle
> Pour bien la voir sommeiller ;
> Elle a son bras sous sa tête
> Pour lui servir d'oreiller ;
> Dessus sa bouche vermeille
>   J'ai pris un baiser
> Sans trop la réveiller.

> Comme la belle sommeille,
> Je fais un tour au jardin,
> Cueille une rose pour la belle
> Et la lui met sur son blanc sein.

> La fraîcheur de cette rose
> La réveilla bien,
> C'était bien mon dessein.

Quand ils font le portrait de leur *mie*, ils la peignent en deux traits, mais si joliment et d'une touche si exquise que c'est un tableau achevé :

> Elle est vêtue en satin blanc,
> Et dans ses mains blanches mitaines;
> Ses cheveux qui flottent au vent
> Ont une odeur de marjolaine.

D'ordinaire dans ces oaristys campagnardes le rôle du garçon est plus tendre que celui de l'amoureuse. Celle-ci, plus rusée, garde mieux son sang-froid. Parfois même elle joue si bien l'indifférence, que le galant s'en va désespéré :

> Les filles n'aiment point
> Ceux-là qui les aiment,
> Pour moi, je le sais bien,
> Car la mienne est de même.
> Ho! ho!
> Que les amants ont de peine,
> Ho! ho! que les amants
> Ont de peine en aimant!

A son tour, il essaie de prendre l'air d'un

homme qui s'est consolé ailleurs, il cherche à
exciter la jalousie de la cruelle en vantant la
beauté d'une fille qui l'aurait épousé, s'il avait
voulu :

> Elle est bien aussi droite
> Que le jonc dans les prés,
> Et bien aussi vermeille
> Que la rose en été ;

mais sa douleur perce à travers ses vanteries,
et après chaque couplet le refrain éclate comme
un sanglot :

> Vous m'avez tant aimé,
> Vous m'avez délaissé !

D'autres fois l'amant est moins endurant,
moins respectueux, et la fille a fort à faire pour
se défendre. L'aventure tourne même au tragique comme dans la chanson lorraine de *la Fille
du pâtissier*. Un garçon emmène une jeune fille
à son logis et veut lui faire violence. Sous prétexte de couper le lacet de son corsage, la belle
emprunte l'épée du galant et se la plante dans le
cœur. Dans une chanson de la même province,
la jeune fille, mieux avisée, sauve à la fois sa

vie et son honneur en faisant la morte au milieu
du souper :

Sonnez, sonnez, trompettes, tambours du régiment,
Voilà la belle morte, j'en ai le cœur dolent.

Où l'enterrerons-nous, cette aimable princesse?
Au jardin de son père il y a trois fleurs de lis;
Nous prierons Dieu pour elle, qu'elle aille en paradis.

Deux ou trois jours après, son père s'y promène.
— Levez, levez, mon père, ma tombe, si m'aimez;
J'ai fait trois jours la morte pour mon honneur garder.

A côté de la fille honnête et vaillante, la
chanson populaire nous montre la sournoise
qui voudrait bien tâter du plaisir tout en se
donnant des airs de prude, et qui est dépitée de
voir ses façons et ses larmes feintes prises au
sérieux par un amoureux naïf. Tous deux sont
allés se promener au bois, et la rusée n'est pas
plus tôt sous les arbres qu'elle se met à pleurer.
Le jeune garçon, stupéfait, lui en demande la
raison. « Je pleure mon *cœur volage,* répond la
belle, vous allez me l'attraper. » Le brave
amoureux proteste de ses honnêtes intentions
et la conduit respectueusement hors du taillis.
Alors, faisant contre fortune bon cœur, la fri-
ponne se met à chanter. Nouvel ébahissement,

nouvelle question, à laquelle la jeune fille réplique d'un ton mélangé de moquerie et de dédain :

> Je chante le lourdaud
> Qui m'a laissé aller ;
> Quand on a la caille en main,
> Faut savoir la plumer...

Si l'on veut voir quel parti un grand artiste
peut tirer de la chanson populaire, il faut relire dans *les Contemplations* la pièce intitulée
Vieille chanson du jeune temps :

> Je ne songeais pas à Rose :
> Rose au bois vint avec moi ;
> Nous parlions de quelque chose,
> Mais je ne sais plus de quoi.

La situation est la même que dans la chanson
berrichonne. C'est le même couple : le garçon
ingénu et distrait, la fille plus dégourdie et plus
experte aux choses de l'amour, et le dénoûment
est pareil :

> Je ne vis qu'elle était belle
> Qu'en sortant des grands bois sourds.
> — Soit, n'y pensons plus, dit-elle. —
> Depuis j'y pense toujours...

Mais, entre les mains du grand poète, le sau-

vageon, arraché au fond des bois et transplanté
en plein sol parisien, s'est métamorphosé en
une plante rare, au port élégant, au feuillage
finement découpé, aux fleurs d'une coloration
exquise. Victor Hugo a donné là aux poètes
contemporains un exemple de la façon dont il
faut étudier et mettre à profit la poésie populaire. Il ne s'agit pas en effet de faire un pastiche ni une habile transcription de la langue
rustique dans la langue poétique des lettrés, il
faut deviner les secrets de l'inspiration populaire, en étudier le mécanisme et les procédés.
Les caractères les plus saillants de cette poésie
primitive sont la spontanéité, la sincérité et le
mouvement; c'est aussi l'absence de déclamation. On n'y sent jamais l'auteur qui veut prouver quelque chose, mais l'homme ému qui
chante naturellement sa joie ou sa douleur. Si
parfois le poète anonyme hasarde une réflexion
de son cru, cette *moralité* est toujours en situation. Ainsi dans la chanson où une jeune fille
séduite pleure son « *cœur volage* » qu'un mari-
nier vient de lui ravir: «Ne pleurez pas, la belle,
s'écrie le galant, je vous le rendrai. » A quoi la
belle inconsolable répond fort à propos:

> C'est point facile à rendre,
>   Hél dre dondaine,
> C'est point facile à rendre
> Comme de l'argent prêté.

De même, dans la *Chanson du jardinier*, le poète, grisé par l'ivresse amoureuse qu'il vient de décrire, s'écrie enthousiasmé :

> Ah! si l'amour prenait racine,
> J'en planterais dans mon jardin,
> J'en planterais si long, si large,
>   Aux quatre coins,
> Que j'en donn'rais à toutes les filles
>   Qui n'en ont point!

Voilà le cri de l'amour heureux et satisfait; mais, avant de goûter cette joie, les amoureux au village voient leur passion traversée par mainte épreuve et maint contre-temps. Le plus cruel de tous, c'est la séparation causée par les exigences du service militaire. Le jeune paysan s'en va, tantôt comme soldat au fond d'une garnison, tantôt comme marin à bord d'un navire; la jeune fille reste seule à pleurer et à attendre. Les chansons rustiques sont remplies de ces brusques départs et des douloureux incidents de l'absence. La délaissée

trouve des accents déchirants et des images
d'une hardiesse biblique pour exprimer son
chagrin :

> J'ai tant pleuré, versé de larmes
> Que les ruisseaux ont débordé ;
> Petits ruisseaux, grandes rivières,
> Quatre moulins en ont viré.

Pour sécher ces larmes ruisselantes, le partant prodigue à sa mie des consolations pleines
d'une tendresse touchante, dans une langue
curieusement imagée, et qui reste cependant
naturelle, parce que les images sont empruntées
à des détails de nature familiers aux yeux du
paysan :

> Arrivé dans Bordeaux,
> Je t'écrirai des lettres
> Sur les nuages blancs
> Passant dessus les champs.
>
> Il y aura dedans
> En lettres engravées
> Que je suis ton amant
> Et fidèle et constant.

Il lui promet de lui envoyer de ses nouvelles
« par l'alouette des champs », elle lui donnera

des siennes « par le rossignol chantant », et,
sans savoir lire ni écrire, ils comprendront ces
messages aériens parce qu'ils y liront ce qui est
dans leurs cœurs :

> Il y a dedans ces lettres :
> Aime-moi, je t'aime tant !

Parfois l'amoureuse perd patience et, comme
Claudine dans la chanson lorraine, elle s'habille
en dragon et s'engage dans le régiment où sert
celui qu'elle aime. D'autres fois, c'est le garçon
à qui le mal du pays et le mal d'amour rendent
le séjour de la garnison insupportable. Il s'est
engagé par dépit, « pour un doux baiser que sa
brune lui a refusé, » et un matin il prend son
congé « sous la semelle de ses souliers ». C'est
tout un drame rapide et poignant que cette
chanson du *Déserteur* (1). En route, il rencontre
son capitaine qui veut l'obliger à rejoindre son
bataillon, mais le conscrit se bat comme un en-
ragé et tue son capitaine. On le prend, on le
condamne, on va le fusiller, et sa dernière pensée est pour sa mie.

---

1 On retrouve le même sujet dans une chanson allemande de l'*Enfant au cor merveilleux*, — *das Alphorn*.

> Et quand je serai mort,
> Coupez mon cœur en quatre,
> Envoyez-le à Paris,
> A Paris chez ma mie.
> Quand elle verra cela,
> Elle se repentira.

Dans toutes ces chansons, les résultats de l'absence sont presque toujours tragiques. La jeune fille oublie son amoureux ou bien l'amoureux devient infidèle, et l'amoureuse, qui est montée dans sa plus haute chambre pour voir venir de loin les messagers qu'elle a envoyés à son ami, apprend tout à coup qu'elle est trahie et que son amant s'est marié « avec une Flamande » qui ne la vaut pas :

> Elle n'est pas si belle que vous,
> Mais elle est plus puissante ;
> Elle fait fleurir le romarin
> Sur le bord de sa manche,
> Elle change la mer en vin
> Et les poissons en viande.

Voilà l'abandonnée seule avec ses regrets, et, en exhalant sa peine, elle retrouve les mêmes accents et les mêmes comparaisons que la vir-

ginité des filles inspirait jadis à Catulle et à
l'Arioste :

> Les filles sont comme la rose;
> Tout un chacun veut la couper
> Du moment qu'elle est boutonnée;
> Personn' ne veut la ramasser
> Aussitôt qu'elle vient de tomber.
>
> (Chanson du Bas-Poitou.)

Quelquefois les choses tournent mieux, et le
galant qui revient de guerre, « cherchant ses
amours, » les retrouve et les emmène tambour
battant, comme dans cette chanson de l'Ile-de-
France, citée par Gérard de Nerval, chanson
hardie et joyeuse, pleine d'entrain et de jeunesse, dont le rhythme rapide semble galoper
avec le cheval qui emporte la bien-aimée :

> Allons, partons, belle,
> Partons pour la guerre,
> Car il y fait beau...
> — A la première ville,
> Son amant l'habille
> Tout en satin bleu.
>
> A la seconde ville,
> Son amant l'habille
> Tout en diamants;

A la troisième ville,
Son amant lui dit :
— Belle, je t'épouserai...

S'épouser, c'est le désir qu'on retrouve au fond
de toutes ces chansons paysannes. Le mariage
est le port dans lequel le paysan aime à se reposer après les épreuves de l'absence. Une fois son
tour de France achevé ou son temps de soldat
fini, il veut s'établir dans son village et s'y
marier. Il ne se sentira dans son assiette que
lorsqu'il aura un coin de terre, une femme et
des enfants. Quand l'arbre a poussé tous ses
boutons, épanoui toutes ses fleurs, il se recueille
et tout son organisme ne tend plus qu'à trans-
former les fleurs en fruits. Pour le paysan, se
marier c'est fructifier. Aussi, une fois la première
fièvre d'amour passée, il aspire au mariage avec
une hâte et une énergie ardentes. Il n'a pas le
temps d'attendre, il est comme l'alouette qui
doit faire son nid quand les blés sont en herbe,
et qui court risque de manquer sa couvée, si
elle laisse s'achever le printemps sans s'accou-
pler. Cette impétuosité des jeunes garçons en
quête d'une femme est naïvement et lestement
exprimée dans la chanson franc-comtoise inti-

tulée : *Paysan, donne-moi ta fille*. Le paysan se
fait tirer l'oreille, il trouve sa fille encore trop
jeunette et conseille au galant de « faire l'amour
en attendant », mais celui-ci ne veut pas attendre sous l'orme et réplique vertement :

> L'amour je ne veux plus faire,
> Et voilà tout!
> Garçon qui fait l'amour longtemps
> Risque fort de perdre son temps,
> Et voilà tout!

La jeune fille est tout aussi impatiente. Une
chanson lorraine nous la montre « malade et
gémissant d'amour » dans sa chambre ; elle se
dépite de voir ses compagnes mariées avant elle
et s'écrie dans un mouvement de désespoir:
« Si je meurs sans être mariée, je veux que sur
ma tombe on mette en lettres *engravées :*

> Une jeune fille est morte
> A la longueur du temps,
> Est morte fille sage
> A défaut d'un amant. »

Aussi, quand les accords sont faits, quand le
jour du mariage est fixé, quand le lendemain,
dès le fin matin, les violonneux et les corne-

museux doivent venir donner l'aubade aux
fiancés, ceux-ci ne peuvent fermer l'œil de toute
la nuit. Les heures leur semblent se traîner avec
des ailes de plomb, à chaque instant ils vont à
la fenêtre voir si l'aube n'apparaît point encore ;
dans leur impatience ils prennent le clair de
lune pour le point du jour, et, s'apercevant de
leur erreur, ils interpellent la lune, qui n'en
peut mais :

> Belle lune, ô belle lune,
> Que n'avances-tu d'un pas !..
> Si j'avais mon arbalète
> Je te jetterais à bas...

IV

Enfin le jour tant attendu est arrivé. Les
cloches de l'église sonnent en volée ; les *noceux*,
chamarrés de rubans, font cortège aux époux
que précèdent les musiciens. Au retour, sur le
passage de la noce, les gars tirent des coups de
fusil et les enfants poussent des cris de joie. On
n'entend que musique et tapage, fracas de
bouteilles qu'on débouche et de verres qu'on

trinque. Ce jour-là, les mariés veulent s'étourdir
pour ne point penser aux choses graves du lendemain, — car il y aura un lendemain, et, pour
l'épouse surtout, un lendemain de soucis et de
labeur. Avec les dernières sonneries de la messe,
les frivolités et les insouciances de sa vie de
jeune fille se sont envolées. Heureusement elle
est encore toute à la joie de sa dignité nouvelle
et elle ne se sent pas d'aise dans sa neuve toilette de noce. « Quand je me suis mariée, me
disait une vieille paysanne, ah! bonnes gens,
je ne me tenais pas de joie, il me semblait que
toutes les charrues du village allaient virer pour
moi. » Parfois cependant, au milieu de cette
allégresse tumultueuse, l'épousée a un vague
pressentiment des tristesses de l'avenir, elle
sent ses paupières se mouiller en songeant qu'il
faut dire adieu « à sa fleur de jeunesse ».

> Quand je vois ces filles à table,
> Assises devant moi en ces lieux,
> Quand je les vois et les regarde,
> Les larmes me tombent des yeux.

Et si ce pressentiment ne lui vient pas spontanément, la *Chanson des mariés* se charge de le

faire naître. A la fin du repas de noce, au dessert, de vieilles femmes s'avancent solennelle-
ment, chacun fait silence, et dans ce calme,
succédant subitement au tumulte de la fête,
les vieilles, pareilles à d'austères statues de
l'expérience, chantent d'une voix cassée les
nouveaux devoirs de la jeune épouse. Elles lui
disent que « le mariage est un lien si fort qu'il
ne se déliera qu'à la mort », et elles ajoutent :

> L'époux que vous prenez
> Sera toujours le maître ;
> Ne sera pas toujours doux
> Comme il devrait l'être,
> Mais pour le radoucir
> Faudra lui obéir.

Puis elles présentent à la mariée un gâteau et
un bouquet, en chantant ces couplets mélancoliques que tous à la ronde écoutent religieuse-
ment et qui trouvent un écho dans chacun,
réveillant ici un lointain souvenir, là une récente
douleur :

> Acceptez ce bouquet
> Qui vous fera comprendre
> Que tous ces vains honneurs
> Passent comme des fleurs.

26.

Acceptez ce gâteau
Qui vous fera comprendre
Qu'il faut pour se nourrir
Travailler et souffrir.

Il y a quelque chose de la majesté et de la grandeur des temps primitifs dans ce simple épithalame rustique, et ce qui le rend plus émouvant, c'est qu'il ne ment pas. Toute la vie du paysan y est résumée. Le lot de la femme dans l'existence campagnarde est de beaucoup le plus dur. Il lui faut travailler tout comme l'homme, et souvent plus que l'homme. Les enfants viennent; il faut souffrir en les mettant au monde et souffrir pour les élever. Et qu'elle ne s'avise pas de tomber malade! Le paysan préfère voir sa femme morte plutôt qu'alitée. Il y a en Lorraine un proverbe qui, dans sa dureté laconique, en dit gros sur la condition de la paysanne mariée : « Mort de femme et vie de *chevau* tirent l'homme haut. » Aussi toutes les chansons rustiques qui parlent du ménage et de ses tracas sont-elles d'un réalisme et d'une éloquence farouches. Autant dans les chansons d'amour la langue est fleurie d'images tendres et délicates, autant dans les chansons qui traitent

de la vie conjugale elle est brutale et grossière :

> Au bout d'un an, un enfant,
>   C'est la joyeuserie ;
> Au bout d' deux ans, deux enfants,
>   C'est la mélancolie.

> Au bout d' trois ans, trois enfants,
>   C'est la grand' diablerie :
> Un qui demande du pain,
>   L'autre de la bouillie ;

> L'autre qui demande à teter,
>   Et les seins sont *taries;*
> Le père est au cabaret
>   Qui mène mauvaise vie,

> La mère est à la maison
>   Qui pleure et qui gémit...
>   (Chanson de la Saintonge.)

C'est navrant, et cependant plus navrante
encore est la chanson de *la Femme du roulier*.
Dans celle-ci, le mari ne se contente pas de
courir les cabarets, il prend ses ébats « avec la
servante », et quand la femme légitime lui
rappelle que « ses enfants sont sur la paille »,
il a des réponses qui surpassent celles de Sga-
narelle dans *le Médecin malgré lui :*

> Madame l'hôtesse,
> Qu'on m'apporte du bon **vin**,
> Là, sur la table ronde,
> Pour boire jusqu'au matin,
>   Tirelin,
> Puisque ma femme me gronde.

L'épouse délaissée rentre à son logis où on crie famine, et elle dit crûment à ses enfants :

> Vous n'avez plus de père,
> Je l'ai trouvé couché,
>   Tirelé,
> **Avec** une autre mère.

Parfois, lasse d'être battue, dupée, et de crever de faim, elle abandonne à son tour son ménage et se console de son côté :

> Je m'en vais au bois jouer
> Avec ces moines et ces abbés,
>   Gaillarde brune.
> Il est temps de m'en aller,
>   Car je vois la lune.

Pourtant, il faut le reconnaître, dans ces chansons campagnardes l'infidélité de la femme est plus rare, et, quand on l'y rencontre, elle est causée le plus souvent par l'abandon ou la

sottise du mari. La paysanne aime à trouver
dans son *homme* un maître, elle préfère être
battue que d'avoir affaire à un époux sans énergie. Dès qu'elle voit les rôles intervertis, dès
qu'elle mène son mari, elle le méprise, et du
mépris à l'infidélité elle ne fait qu'une enjambée.
Alors l'homme à son tour a la vie dure, on ne
le ménage pas, et une ronde lorraine nous
montre la façon piteuse dont il est traité :

> Si je reviens du bois
> Bien crotté, bien mouillé, voyez!
> Je m'asseois sur la porte
> Sans y oser entrer, voyez!
>
> — Rentre, lourdaud, rentre,
> Et va-t'en te chauffer, voyez!
> Les os sont sous la table,
> Et va-t'en les ronger, voyez!
> Y a du fumier dans l'étable,
> Et va-t'en t'y coucher, voyez!

Tous les maris ne sont pas aussi patients, et
la chanson ou plutôt le duo de *la Bergère,* qui
se chantait jadis en Lorraine, aux jours gras,
nous fait voir un époux soupçonneux qui rentre au logis sans être attendu, et interroge
comme un juge menaçant sa femme surprise en

flagrant délit. La scène est fort dramatique dans
sa naïveté :

> Ventrebleu, Marion,
> Qui est donc ce chevalier
> Qui est dans ton lit couché,
>   Morbleu !
> Qui est dans ton lit couché?
>
> — Hélas! mon bel ami,
> Ce n'est pas un chevalier,
> C'est ma compagne qui est couchée,
>   Mon Dieu,
> C'est ma compagne qui est couchée.
>
> — Ventrebleu! Marion,
> Ta compagne était-elle brune?
> Avait-elle la barbe noire,
>   Morbleu!
> Avait-elle la barbe noire?
>
> — Hélas! mon bel ami,
> Elle a mangé des mûres noires,
> Vous semblait qu'elle était noire,
>   Mon Dieu,
> Vous semblait qu'elle était noire.

Mais l'Othello campagnard ne se paie pas de
ces raisons. « Entre la Chandeleur et Pâques, il
ne croît pas de mûres noires, » et d'ailleurs il
reconnaît à des signes trop visibles qu'il est

trompé; il hausse le ton, s'emporte et jure de
donner une leçon à sa femme :

> — Ventrebleu ! Marion,
> Je te mènerai en lâsse (laisse),
> Je te ferai chien de chasse,
>   Morbleu !
> Je te ferai chien de chasse.
>
> Ventrebleu ! Marion,
> Je te mènerai en Flandre,
> Et puis je t'y ferai pendre,
>   Morbleu !
> Et puis je t'y ferai pendre...

Parfois, si le mari est exposé à faire de longs
voyages, à son retour il lui arrive de trouver la
maison occupée par un nouveau maître, comme
dans la *Chanson du Marin*. Cette chanson du
littoral de la Saintonge traite le même sujet
qui a inspiré à Tennyson le touchant poème
d'*Énoch Arden*, et elle mérite d'être citée tout
au long :

> Quand le marin revient de guerre,
>   Tout doux...
> Tout mal chaussé, tout mal vêtu :
> — Pauvre marin, d'où reviens-tu ?
>   Tout doux !

— Madame, je reviens de guerre,
Tout doux...
— Qu'on m'apporte ici du vin blanc,
Que le marin boive en passant,
Tout doux !

Brave marin se mit à boire,
Tout doux..,
Se mit à boire et à chanter,
Et la belle hôtesse a pleuré,
Tout doux !

— Ah ! qu'avez-vous, la belle hôtesse ?
Tout doux...
Regrettez-vous votre vin blanc
Que le marin boit en passant ?
Tout doux !

— C'est point mon vin que je regrette,
Tout doux...
C'est la perte de mon mari,
Monsieur, vous ressemblez à lui...
Tout doux !

— Ah ! dites-moi, la belle hôtesse,
Tout doux...
Vous aviez de lui trois enfants,
Vous en avez six à présent,
Tout doux !

— On m'a écrit de ses nouvelles,
Tout doux...
Qu'il était mort et enterré,
Et je me suis remariée,
Tout doux !

Brave marin vida son **verre**,
Tout doux...
Sans remercier, tout en pleurant,
S'en retourna au régiment,
Tout doux !

C'est presque le même dénoûment qu'*Énoch Arden* (1), et, dans la brève simplicité de cette chanson, il y a un sentiment de résignation et de sacrifice qui serre le cœur et fait monter les larmes aux yeux.

V

Après les petites et grandes misères du ménage viennent les misères et les ridicules de la vieillesse. Le paysan regarde volontiers les vieillards comme des êtres inutiles. Le grand âge ne lui apparaît pas comme un temps de re-

---

1 Je viens de relire cette chanson du *Marin,* et je commence à avoir des doutes. Je trouve dans le mouvement du récit et dans l'enchaînement des strophes une symétrie, une logique dont la poésie populaire ne se pique point ordinairement. N'y aurait-il pas là un joli pastiche plutôt qu'une chanson authentique, et le spirituel auteur du recueil, M. J. Bujeaud, n'aurait-il pas glissé malicieusement dans le panier de fruits sauvages qu'il offre au public une pomme de son propre jardin?

27

pos et de sérénité, mais comme une période de
déclin et de maladie. Aussi la chanson populaire
est-elle sans pitié pour les vieilles gens. Tout
au plus accorde-t-elle un mot de compassion
aux filles qui ont coiffé sainte Catherine et qui
font un retour mélancolique sur leurs jeunes et
glorieuses années :

> Nous portons rides au visage,
> Les cheveux nous viennent tout blancs,
> Nous avons beau à nous coiffer,
>   Nous laver le visage,
> Nous avons beau à nous poudrer,
> Nous n'pouvons plus nous faire aimer.
>
> (Chanson de l'Angoumois.)

Elle compatit également aux infortunes des
filles qu'on a enfermées au couvent et qui vieil-
lissent dans le cloître en regrettant le monde et
le temps perdu :

> Maudit soit le faiseur de toile
>   Qui a fait mon voile,
> Maudits ciseaux si dangereux
> Qui ont coupé mes blonds cheveux!
>
> Si j'étais petite hirondelle,
>   Que j'euss' des ailes,
> Je volerais si haut, si haut,
> Je m'en irais dans mon château.

Mais elle flagelle et ridiculise impitoyablement les mariages disproportionnés, les vieilles encore férues d'amour qui épousent des jeunes gens, les vieillards qui ont acheté à beaux écus comptants la jeunesse d'une épouse fringante et de robuste appétit. Voici, par exemple, l'histoire de *Rosette* qui a pris un homme de quatre-vingt-dix ans. Cette courte chanson est aussi délurée et gaillarde qu'un conte de La Fontaine. On y décrit la nuit des noces et les ruses de l'octogénaire, qui semblent empruntées au *Calendrier des vieillards:*

> Quand vint le matin jour
> Où Rosette se réveille :
> « Mon Dieu, dit-elle,
> Qui l'aurait jamais dit
> Qu'à mon mariage
> J'aurais si bien dormi!.. »

Dans de semblables conditions, le veuvage est une délivrance pour celui qui est jeune et qui reste. Aussi le paysan se console-t-il rapidement du départ de sa vieille épouse. Il étale sans vergogne sa joie au grand soleil:

> Menuisier, ma femme est morte,
> Faites un cercueil bien cloué

> De peur qu'elle n'en sorte!
> Celle qui faisait tant le diable à la maison,
> Dieu merci, elle est donc morte!

Sans vergogne aussi, le père dit à sa fille, mal mariée et se plaignant d'avoir un mari de quatre-vingt-dix ans: « Prends patience, il est souvent malade, bien sûr il en mourra; tu seras héritière de tout ce qu'il aura. » A quoi la fille, moins endurante parce que la jeunesse la démange, répond avec toute la rudesse et tout le bon sens campagnards:

> Au diable **la richess'** quand le plaisir n'y est point!
> J'aimerais mieux un homme à mon contentement
> Que toute la richess' de ce riche marchand.

> Un jour, quand je s'rai morte, j'n'emport'rai rien du tout
> Qu'une vieille chemise et un drap par dessus:
> Voilà la belle morte, on n'y pensera plus!

La mort, le paysan la voit venir sans grand émoi et d'un œil plus calme que la vieillesse. Jeunes ou vieux, femmes ou garçons, accueillent la *faucheuse* avec la résignation stoïque des animaux. Le jeune conscrit déserteur, qui a tué son

capitaine et qu'on va fusiller, se borne à faire
à ses camarades cette dernière recommanda-
tion :

> Soldats de mon pays,
> Ne dites rien à ma mère,
> Mais dites-lui plutôt
> Que je suis mon drapeau
> Dans l'pays étranger,
> Que j'n'en reviendrai jamais.

Et le soldat qui s'est battu six heures entières
et qu'on rapporte blessé répond, quand on lui
demande s'il a regret de mourir :

> Tout le regret que j'ai au monde
> C'est de mourir sans voir ma blonde.

On va en toute hâte quérir sa blonde bien-aimée ;
elle arrive sur le champ de bataille comme *Édith
au cou de cygne* dans la légende anglaise, elle se
penche au chevet du moribond, le questionne
sur sa blessure et fait vœu, pour le guérir,
«d'engager to s ses habits, son anneau d'or et sa
ceinture. »

> — N'engage rien pour moi, ma blonde,
> N'engage rien pour moi au monde,
> Car ma blessure est trop profonde.

27.

> Reste moi voir porter en terre,
> Reste moi voir porter en terre,
> Dedans l'églis' de Saint-Omer.

Comme pendant, voici la *Mort de la Brune,* une chanson poitevine où l'amoureux apprend que sa *mie* est en danger, et accourt au pied de son lit. Même résignation de la jeune fille :

> Elle est près de mourir,
> Encore elle me regarde,
> Elle a tiré
> Sa main blanche du lit
> Pour dire adieu à son ami.

Afin de mettre un terme au déchirement des adieux, elle l'éloigne en le chargeant d'aller quérir « le médecin de Nantes », et quand il est en route, la belle brune s'endort du dernier sommeil. — Même la jeune fille condamnée à être pendue pour infanticide, et qui s'en va au gibet, « prêtre devant, bourreau derrière, » envisage le supplice d'un œil tranquille, et ses dernières paroles à sa mère ont une grandeur presque shakspearienne :

> Ma mère, coupez mes blonds cheveux
> Et pendez-les devant l'église,
> Ils serviront d'exemple aux filles.

Jamais, dans ces natures élémentaires, l'idée de la mort n'éveille un cri de terreur ; elle leur arrive toujours enveloppée d'images à la fois calmes et sévères, comme dans la *Chanson des quenouilles,* où tout l'écheveau de la vie se dévide avec ses joies et ses douleurs :

> A ta quenouille au ruban noir
> File, sans trop le faire voir,
> Le linceul dont, quand tu mourras,
> L'un de nous t'enveloppera.
>
> (Franche-Comté) [1].

Une seule pensée les inquiète et les épouvante : l'enfer, la peur de voir revenir le spectre de ceux qui sont morts sans confession. Il y a une chanson lorraine où, comme dans les *lieder* allemands, l'amoureux fait une prière à la Vierge pour voir une dernière fois la fille qu'il a aimée et qui est morte en état de péché mortel. La

---

[1] Recueil de Max Buchon. — J'avoue que j'ai des doutes sur l'authenticité de cette jolie chanson ; elle a une toilette trop soignée et trop harmonieusement assortie, elle est trop symétriquement composée, trop bien rimée et mesurée, pour n'avoir pas été remaniée par un artiste. Je soupçonne que Max Buchon, qui était poète, se sera laissé aller à exécuter de nombreux *repeints* à la moderne sur la toile primitive et à demi écaillée.

scène est pathétique et rappelle certains petits
poèmes d'Henri Heine :

> Il n'a pas fini sa prière,
> Et voilà la belle arrivée.

> — Oh! la belle, la belle, où avez-vous été
> Que vos fraîches couleurs en ont si fort changé?

> — Ce sont les diables des enfers
> Qui ont ainsi rongé mes membres,
> Et ça pour un maudit péché
> Que nous avons commis ensemble.

> — Oh! dites-moi, dites, ma mie,
> Ne peut-on pas vous soulager
> Avec quelques messes à dire
> Ou quelques vigiles à chanter?

> — Oh! non mon bel ami, oh! non,
> Oh! non, ne m'en faites pas dire ;
> Tant plus prieras ton Dieu pour moi,
> Et tant plus souffrirai martyre.

> . . . .

> Tu diras à ma sœur Marguerite
> Qu'ell' ne fasse pas comme moi,
> Que jamais ell' ne se promène
> Sur le soir, dans les grands bois...

On le voit, la poésie populaire enferme dans

sa ronde chantante tous les évènements de la
vie paysanne, et l'on peut juger par les extraits
que j'ai donnés combien sont variés de ton et
de couleur les chants de ce cycle rustique. Je
suis loin d'avoir tout cité, je n'ai cueilli qu'un
petit nombre de chansons dans cette vaste et
plantureuse prairie qui s'étend à travers toutes
nos provinces de France; mais, de même que la
grappe de raisin rapportée du pays de Chanaan
suffit à donner aux Hébreux une idée de la fécondité de la terre promise, ces extraits suffiront,
je pense, pour montrer aux amis de la poésie
les richesses de cette terre encore vierge. Les
lettrés ont longtemps méprisé la muse du peuple avec ses naïvetés, ses répétitions familières,
sa prosodie élémentaire et indépendante, où les
vers ne riment qu'une fois sur deux et par asso-
nance. Ils ont eu pour elle ces dédains que
Louis XIV professait pour les tableaux hollandais qu'il traitait de *magots*. Ceux qui ne consi-
dèrent pas uniquement l'écorce des choses, et
qui savent trouver l'amande sous la coque rugueuse d'un fruit sauvage, comprendront bien
vite tout le parti que l'art peut tirer de ce précieux minerai encore enfermé dans sa gangue.

Ils s'habitueront rapidement à cette poésie qui a un goût de terroir, et ils se laisseront séduire. Dans la préface qui précède son recueil des chants du pays messin, M. le comte de Puymaigre a très-bien défini ce charme dont la poésie populaire vous enveloppe peu à peu. « Ce n'est pas tout de suite, dit-il, qu'on se laisse aller à cette séduction étrange; il faut s'habituer à l'absence d'art, au défaut de transition, à la négligence de toutes les règles. C'est une mélodie toute naïve, toute simple, et pourtant on ne l'aime qu'après l'avoir entendue souvent. Quand on a commencé à lire des chansons populaires, on ne s'arrête plus... La poésie populaire n'a pas longue haleine, elle ne fait point de récits détaillés, elle se passe d'exposition, elle entame un sujet brusquement par le point qui lui semble le plus intéressant... Elle n'indique pas les changements de lieux ; elle fait passer, sans en avertir, d'une scène dans une autre; elle ne donne pas la parole à tels ou tels personnages, ils la prennent d'eux-mêmes, c'est à l'auditeur à se débrouiller et à deviner les interlocuteurs. Elle n'intervient du reste ni pour les blâmer, ni pour les louer, elle se contente de les mettre en scène et s'efface derrière eux. Elle est naïve, concise, vive, imprévue... »

On ne peut mieux dire, et j'ajouterai qu'à mes yeux la plupart de ces défauts constituent des qualités. C'est précisément dans cet effacement de l'auteur derrière les acteurs de son drame, dans cette absence de rhétorique raisonneuse, dans ce mouvement rapide et primesautier que consiste la poésie lyrique. Vienne un grand poète, un maître artiste, Goethe, Heine ou Hugo ; comme un magicien, il touchera du doigt l'une de ces chansons aux rimes assonantes, et il en fera un chef-d'œuvre comme *le Pêcheur*, *le Pèlerinage à Kewlar* ou *le Petit Roi de Galice*. La paysanne court-vêtue se métamorphosera en une princesse habillée de drap d'or et d'argent. Toutefois, je le répète, il ne suffirait pas pour opérer cette transformation de s'exercer à transcrire ou à arranger à la moderne les productions de la muse rustique. Un pareil travail serait sans profit pour l'art. Non, l'étude de la poésie populaire doit être le commencement d'un effort plus digne et plus fécond.

Les poètes des époques classiques ont tiré de

l'étude des Grecs et des Latins tout le suc et la moelle qu'il leur était possible de s'assimiler. Depuis longtemps déjà, l'arbre enchanté du romantisme a passé l'âge de la grande production ; sa verdure s'effeuille par le haut, ses bras noueux se couvrent de lichen, et il ne donne plus que de loin en loin des fruits d'arrière-saison, à la forme bizarre et à la saveur étrange. Les envieux et les malintentionnés prétendent même que notre littérature d'imagination est dangereusement malade. En tout cas, elle subit une crise. Elle ressemble à une grande dame dont la santé a été détraquée par les veilles et les excitants de la vie mondaine. Elle a les nerfs à fleur de peau et l'estomac capricieux ; tantôt, pour réveiller son appétit, il lui faut des condiments exotiques et tous les raffinements d'un luxe de décadence, tantôt elle dévore des crudités et se régale d'un plat de portier. Elle a des engoûments inexplicables et des curiosités malsaines ; elle se pâme, fond en larmes ou éclate de rire à propos de rien. Est-elle atteinte d'anémie, souffre-t-elle d'une maladie nerveuse, ou sont-ce tout simplement les symptômes d'une gestation pénible? Ce qu'il y a de sûr, c'est que ce n'est

point là l'état de santé. A de pareils malades,
les médecins ordonnent de changer de régime,
de vivre aux champs, de coucher dans une étable, de respirer l'air des bois ou de la mer. Je
crois que, sans être grand clerc, on pourrait
conseiller aussi à nos poètes de changer d'air et
d'alimentation. Loin de s'enfermer dans leur
milieu parisien, essentiellement artificiel, il leur
faudrait voyager en province, se remettre sous
les yeux les paysages si divers et si charmants de
notre pays français, s'imprégner de l'odeur de
la campagne, respirer la poésie là où elle pousse
naturellement comme une fleur sauvage. Les lé-
gendes, les récits, les coutumes, les patois de
nos provinces sont des richesses trop négligées
et qui ne demandent qu'à être recueillies. Il serait urgent de fouiller le fond et le tréfond de
notre sol pour y trouver une mine poétique
franchement nationale. C'est alors que la poésie
populaire entrerait comme élément important
dans ce nouveau régime de l'esprit. Les poètes,
en visitant les pays où elle s'est développée obscurément, aspireraient l'air encore **tout vibrant**
du son de voix des inconnus qui ont **composé nos**
chansons rustiques. Ils s'assimileraient presque

28

inconsciemment les procédés simples de la poésie
populaire, sa naïveté, son allure rapide, sa fraîcheur et son naturel. Alors, tout en profitant
de l'expérience de leurs devanciers et des ressources amassées par les écoles qui ont précédé,
ils trouveraient peut-être matière à un art original, foncièrement français, et ils pourraient
chanter, comme dit Henri Heine, « une chanson
nouvelle, une chanson meilleure. »

FIN.

TABLE

Paris. — Typogr. G. Chamerot, rue des Saints-Pères, 19. — 7339

Original en couleur

NF Z 43-120-8.

www.ingramcontent.com/pod-product-compliance
Lightning Source LLC
Chambersburg PA
CBHW050157030726
47505CB00005B/1418